こころ時間

極楽ゴッコ

山の茂吉

水書坊

こころ時間——極楽ゴッコ

まえがき

みなさん、こんにちは。

どういうわけか、ぼくらはこの世に人間として生まれてきてしまいました。

腑に落ちても、落ちなくても、何故か「生きる」ということを、この娑婆世界で真面目に、時にはテキトーに「実践」しています。子どもは子どもなりに、大人は「おとな」になろうとして、性別や職種や学歴や財産の多寡や地位に関係なく、「自分持ちのこころ時間」を生きていかざるを得ない仕組みです。

「山の音　風の声」を静かに聴きながら味わってみる人生は、この上なくいいものですね。

くだかけ会

山の茂吉
（和田重良）

こころ時間　もくじ

もくじ

第四章 極楽ゴッコ

第一章

こころ時間を平和に生きる

1 全真堂

まるごと心地よく

春さきに、シイタケを丸ごと天ぷらにして食べるのは、生命《いのち》がよみがえるような気がします。「よみがえる」のは「黄泉《よみ》の国からもどってくる」のですから、死んだ人が息を吹き返すようなもんです。シイタケの天ぷらくらいで生命がよみがえったら安いもんでいいですね。ところが、このシイタケは、実はこの山奥の「全真《ぜんしん》堂《どう》」の前で作っているシイタケでなくてはならないのです。と言うことは、ぼく専用で独り占めです。

シイタケのほだ木の並んでいる所のちょっと上に、全真堂というお堂があるのです。ここは話せば長い曰くがあるのですが、今の全真堂は二代目だと言うことだけお伝えしておきましょう。

理由は簡単、一代目の全真堂はギューギューに詰めても二十人も坐れば、人がはみ出す狭さだったので、はみ出した子どもが玄関に坐っていたり、あきらめて帰ったりしていたので少し大きく二代目を建てたのです。今では子どもたちが三十人坐っても大丈夫なお堂になりました。その二代目の全真堂も一代目と同様「まるごと心地よい」ところなのです。

まるごとですから、アッチも心地よく、コッチも心地よい、すべてが心地よいのです。名前も「全真堂」ですから、すべてがほんとうのことなのです。

普通、世間ではアッチがよければコッチが悪いという足し算、引き算というか、裏表があることが多いのでしょう。子どもに教育と称して変な人生の足し算や引き算を教えるからいけないのです。

昔、来ていた不良少年の親が政治家でして、その親が「人間にはホンネとタテマエがあるんだ」とその子に説教したつもりだったのですが、その不良少年が親に向かって一発「和田先生はホンネもタテマエもねえ」とやり返して親は、追い返されてしまったことがありました。なるほど、足し算引き算、裏表、ホンネとタテマエ、そんなものがなければ「まるごと心地いい」のです。ずいぶん浮世離れした所ですね、全真堂ってのは……。それもそのはず、最寄りの「山北駅」（一時間に一本電車が来る）から歩いておよそ九十分。途中で「ケチを落とし」て「宗教の道」を歩んで、ようやくたどり着く所なのですから。

一番よい人になれる

いつもは、この全真堂で毎朝坐っているのはぼく一人です。まるでぼく一人専用の「坐禅堂」のようです。

でも、夏休みや春休みなどには子どもたちが入れかわり立ちかわり来てくれます。一瞬賑わうので、そういう時はぼくも調子にのって毎朝子どもたち相手に「朝の話」なんてことをしています。たいてい「不思議なご縁」や「不思議な存在」や「不思議な力」のことなのですが、時々、「この地球上で一番よい人になれる」と

いう話をします。間違いなく、ぼくらはこの地球上で一番よい人なのですが、それに気づかないでボヤボヤ過ごしてしまっているのです。「地球上で一番よい人になれる」というのを、「歴史上一番偉い人になれる」と言ってもいいです。「よい人ってどんな人だろう」「エライ人ってどんな人なんだろう」と思ってしまいますよね。おまけに普段「人と比べなくたっていい」と言っているのに「一番」というのが付いているのですから子どもたちはビックリです。

　でも、この駅から歩いて九十分、途中の急坂を登り、汗水流して「ケチを落として」ほっと一息ついて「宗教の道」をたどれば、山奥の全真堂に到達し、心静かに息を沈めて頭も鎮まれば、自分は「この世で一番よい人」だとわかります。それはちょうど、生まれたての赤ちゃんが「一番よい人」で「一番エライ人」だと言うのと同じです。生まれたての新鮮な自己《じぶん》に立ち帰っているのです。「絶対的価値を持った自分」という存在と言ってもいいかな。……言い換えれば、言い換えるほど、難しくなってしまいます。

地球上で一番と言うことは、宇宙で一番「よい人」です。宇宙には、地球のほかに人間はいないでしょうから。歴史上一番と言うことは生命体の中で一番「エライ人」です。生命体はせいぜい百億年ですから。自分はそんな存在だと覚ったらビックリですが、「まるごと心地よく」を体感すればそのビックリにも納得がいきます。

世の中には「よいことする人」は掃いて捨てるほどいます。それにも増して「悪いことする人」が、掃いても、掃いても、捨てきれないほどいます。なんでこんなにいるんだろうと思うくらい「よいことする人」も「悪いことする人」もいます。地獄も浄土もさぞかし超満員だろうなと想像するほどです。

でも、ぼくが全真堂でする朝の話の「よい人」「エライ人」は少し内容が違うのです。

ありのままの自分

世間ではときどき「体罰」や「いじめ」のことが話題になることがあります。テレビや新聞でワーワー言うからできの悪い政治家まで言っています。しばらくすると忘れてしまって、また何か事件があるとワイワイガヤガヤとなっていきます。

ぼくは世間がこれに類することでワイワイガヤガヤしている時に、仏教者たちがなぜ「人間の本性」について語らないのかとヤキモキしています。仏教思想を深く伝えるチャンスなんじゃないかと思うのです。ハッキリ言って「人間の本性」の中に暴力や「いじめ」も組み込まれているのです。

全真堂というこの山奥のお堂にもドロボーが来たことがあります。それも二度、三度。盗んで行くものはそこら辺にある数百円とか、せいぜい数千円なのでまあ黙っていましたが……。

でも、この手のドロボーはきっと全真堂に入ってドキドキしながら盗って行ったんだろうなと思うのです。その証拠に箱を横向きに倒したままで行っちゃったのですから。きっと仏さまの目が怖かっただろうなと思うとちょっと笑ってしまいます。全真堂できっと「地球上で一番よい人」になったんだろうなと思うともっと笑ってしまいます。

こんな仕事をしていると、ぼくも過去二回、若者に襲われて暴力にさらされたことがあります。過去何人も「自殺」してしまった若者とも出会いました。その内の何人かの「日記」も預からせてもらっています。その人たちも求めるものは同じです。

ぼくらは無力であるからこそ、「ありのままの自分」でいたい、そう願うのです。盗みの人も、悩みぬいた若者も、暴力の人も「ありのままの自分」でいたかったのです。「まるごと心地よく」していたかったのです。

全真堂という所はとてもありがたい所です。夏は涼しいけど冬は極端に寒い、とても自然でいい所です。雨の日もあり、雪の日もあり、外の条件はいろいろだけど、ふと気がつけばこの「地球でいちばんよい人」である自分に出会っているのです。

2 天空の部屋

宇宙大

ぼくの愛読書の一つに『子どもの科学』（誠文堂新光社）という雑誌があります。ここに来る子どもたちのためにと思って長年定期購読しています。

ところが、どういうわけか子どもたちはこの雑誌をあまり読みません。ですから、ぼくがほとんど一人で毎月読んでいるのです。

その内容は動物、植物、乗り物、食べ物、天体、地球、遺伝……、などなど自然科学の情報が満載でとっても楽しいのです。面白いことに、なぜか毎月「紙飛行機」が付録についています。
脳や進化の情報などをこの雑誌から仕入れてはお母さんたちに話をして、それをまたお母さんたちが子どもたちに伝えたりするので、中には家で定期購読している人もいます。

ぼくの最大の関心事は宇宙の話です。

宗教的宇宙観と科学的宇宙観の接点はどこにあるのかよくわかりませんが、先日ある子に「宇宙大」ってどんな大きさ？って聞いてみました。「それは無限大ってことでしょ」……それは、どこまでも続いていて、未知の広がりだと説明してくれました。なるほどなあ、ぼくらは宇宙大の大きさの中に生きているのかなあ！無限とか悠久とか、人間には計り知れない時空の中で「ああだの、こうだの、四の五の」言っているんだあ……そんなことを思い出しました。

空と宇宙

科学的に宇宙を探る、そういう技術や知識は直接見たこともない何万光年の天体をも探ることができます。しかし、その先はまだナゾです。

ぼくらにとって、「知ってること」と「知らないこと」は「事実」や「真実」とどんな関係になっているのか興味があります。この世界の現象をすべて解明できるという難しい公式が発明されても、犬やニワトリの見事な生活ぶりに比べたら、どうやら人間は間違った選択をしているように思えるのです。ニワトリや犬は極楽にいるのですから。


ぼくの部屋は、標高四五〇メートルの山の上に建つ寮舎の二階部分にあり、その北東の隅にあります。

東側の窓の外は丹沢の表尾根がバーンと見え、北側の窓には畑の向こうの林や近くの山が見えます。とても気持ちのいい「天空の部屋」なのです。もともとは、この二〇年間寮生の子どもたちが入室していた部屋ですが、狭いながらも一等地なので、この頃はぼくが占領しているのです。

寝転がって窓を見ていると空が見えます。青空もいいのですが、嵐の前には目の前をものすごい速さで黒雲がピューピューと通り過ぎて行きます。この空は、そのまま「宇宙だ」と感じて眺めていると、とても心はおだやかになって眠くなってしまいます。

ウトウトしていると誰かが「トントン」とドアをたたいて「あのう、先生……」なんて言ってきます。せっかく心地よくウトウトして「空と宇宙」を楽しんでいるのに。そこで、夢を破られないようにある時から「部屋にいません」と居留守を使えるように札を出しておくようにしましたが、それでもウトウトと空と宇宙を楽しんでいる時に限って「トントン」と来るのです。「どうしてぼくがいるってわかったの？」っていうと「だって部屋の前にスリッパが……」と、スルドイ子がいるのです。

空と一体になってボンヤリしていると、あの世のことも空想ができます。死んでから逝くところはきっとこんな楽しい所なんだろうなと思うのです。

あそびの心

子どもの頃はたいした不安もなく（学校はイヤだったけれど）アッチへ行ったり、コッチへ行ったりして、かなり遠くまで行って遊んだものでした。そして、今この山の中に来る子たちも自由に楽しく遊んでいます。この「あそびの心」はどこから来るのかというと開放感や浮遊感です。

大空を飛び歩き、多少の不安があっても、自由にアッチへ行ったりコッチへ行ったりしているのです。時間の過ぎゆくのも忘れて、自由に解放されている自分の姿さえ忘れて、本物もニセモノも何の区別もなく遊んでいるのです。今こうして天空の部屋にいると、あの頃の「あそびの心」が甦って来るのです。

空と宇宙と一体となって自分一人の時を浮遊していると、小学生の女の子がドアを「トントン」して来て、「昨日使っていたアレどこにありますか?」なんて聞いてくるのです。これがまた楽しいのです。

そうそう、ここでは子どもたちがめったに「○○していいですか?」というような聞き方はして来ないのです。どうせこのオッサンに聞いてもアテにならないと思っているところもあるのでしょうけれど、許可を得なければしてはいけないということがないのです。(学校や会社はほとんど許可が必要なのでしょうけど)

「あそびの心」はまさに「天空」と一つです。

宇宙から見てみたい

聞くところによると、多くの宇宙飛行士が宇宙から地球を見ると特別な感情を持つようです。ぼくも一回は宇宙から地球を眺めてみたいと思うのですが、絶対に無理でしょうから、この頃はあの世からこの世を眺めてみたいという願望に切り換えています。これなら必ず一度は行くことはできますから——。

飛行機に乗って上空から地上を見るだけでも楽しいのですが、宇宙から見る地球はまたまるで別モノのようなのです。できれば、月よりもっと遠くへ行き、地球が点になるくらいか、見えなくなってしまうような所まで行って、またこの地球の近くまで戻ってきてみたいのです。

なぜそんなムチャな願望を持つのかと言うと、多くの宇宙飛行士が持つ、地球を振り返ってみる時の「望郷」の念とも言える特別な思い、それを体験してみたいのです。

母なる星「地球」（ホームプラネット）は、今ぼくらが自由にノビノビと遊んでいい所なのではないかと思うのです。それを確かめてみたいのです。

あの世から眺めるこの世もきっと、同じように「自由でノビノビと遊んでいい所」なのです。世間評価なんかどうでもいいのです。ぼくはぼく、キミはキミ、みんなで一つのこの空と一体となって、遊んでいていいはずなのです。

宇宙にも行けない、あの世にもまだ間がありそうなので、ぼくは今、「天空の部屋」で空（ほんとうはこの大きな空の一部分でしかないけど……）を眺めて、開放感とか浮遊感とかを味わっているのです。ときどき、子どもたちを部屋に招き入れて「ほら、みてごらん、この空すごいでしょ」と言ってみるのですが、「そうですね」と言ってくれるか、中には黙ってそのまま出て行こうとする子もいるから「ほら、あの山の上の空、すごいでしょ」とたたみかけてみるのですが、「はい」くらいしか返事が返ってこないのです。

宇宙飛行士の「望郷」の念はきっと「いのちの味わい」なのです。死んでから見てみるこの世の味わいも「いのちの味わい」です。

3

こころ時間

「あっ」という間

昨日、二頭の飼い犬にエサをやるのを忘れて出かけてしまいました。正直に言うと、出かける前に「しまった、今日は犬のエサをやるのを忘れた」と思ったのですが、続いて出てきた考えが「家内が気づいてやってくれるだろう……」という甘い考えです。

この日は、不良少年の「この先の人生をどうする」相談の予定が入っている日で、とても気が重く、朝からタメ息の出そうな重苦しさです。

気がかりなことがあると居心地の悪い一日がはじまります。

それでも諸々のことは過ぎてしまえばいつの間にか新しいカレンダーになっていて、お年寄りは皆、口を揃えて「あっという間ですね」なんて言うのです。ところで、その「あっ」というのはどのくらいの間なのでしょうか？

九十歳を過ぎた老教育学者さんとお話していたら「ぼくなんかその小さい『っ』もないよ」とおっしゃっていました。

「へえ～、そうですか？　じゃあ、先生は『あ』だけですか？　ものすごい短さですね」と申しあげると、

「そう、この歳になると本当に短いよ」と、おっしゃりながら結構長生きなさっているのです。

「あっという間」は新幹線「のぞみ号」で沿線の町の景色や看板を見ようとする努力の間の感じです。遠い山を眺めていると「あ～、あ～っていう間」くらい見ることができる「努力の間」になります。飛行機で遥か上から地面を眺めているときさほど速さは感じないのに、羽田に着くのは「あっという間」です。

ぼくなんか、山暮らしを始めてから「あっという間の三十年」が過ぎて行こうと

しているのですから、もう少しマトモな悟りを開いてもよさそうなものですが、とにかく「あっという間」ですから、日々、不良や意気地なしの子どもたちのことで精いっぱいだったような気がするのです。

こころ時間

人には「こころ時間」という、それぞれ持ちの便利な時間があるのだと思っています。

だいたい時間なんていうのは時刻と時刻の間の基準（決め事）ですから、あまり一般的共通認識なんてものはないのです。科学的にとか数学的にとか、そういう時間は計算上立派に役立っていますけれど、本当はもう一つの、それぞれ持ちの（一般共通認識でない）「こころ時間」の方が大切なのです。

ぼくの飼い犬たちは内心、「朝のお散歩が過ぎたら、きっとあのオヤジがいつものようにエサを持って来てくれるだろう」と心待ちにしていたのです。ところがその坊主頭のオヤジはエサを持たずに目の前を通り過ぎて行き、ちゃっかり車に乗って不良の相談とやらに出かけてしまったのです。「鎖でつながれているオレたちの身にもなってくれ！」と叫んでもおかしくないような出来事です。

夜、真っ暗になってから山に帰ってきて、「犬たちを連れて上弦の月夜の山道を楽しもう」なんてノンキに犬たちの所へ行ってみると、なんとエサ入れがありません！

「そうだあ、今朝エサをやらなかったんだ！」と思いだしました。

ぼくにとっては「あっという間」の一日だったけれど、犬たちにとってはきっと「長い、長い一日だった」に違いありません。

標高四五〇メートル。山以外に何もないところにポツンと取り残されていたひもじい二頭の犬を思うと「ゴメン、ゴメン」と、つい言いたくなってしまいますが、犬たちは大喜びで尻尾を振ってぼくを迎えてくれてホッとしました。

この犬たちにはたぶん、頭の中に「時間」はないのです。時間の長さを計るモノサシがないのです。ぼくは昼間、不良少年の「この先の人生をどうする」相談に、その不良少年がたった二十分遅刻して来ただけでイライラしてしまい、「今日はもうこの件は取りやめだ」なんて言ってしまう始末です。嫌なこと、負担なことは長く感じてしまい、楽しいこと嬉しいことはものすごく短く感じてしまう「こころ時間」は、どうやら人間だけが持たされている複雑な精神活動の一つなのでしょう。待つのは「楽しみ」であっても「長い」。でも、過ぎてみると「あっという間」なのです。

カレンダー

山奥に住んでいると、冬になると春は待ち遠しいです。冬の山は厳しい寒さが襲ってくるし、おまけに住んでいる家はほんとうに粗末な山小屋ですから、寒さは防ぎようがありません。土間と一体の食堂は毎日ほぼ外気と変らないのです。ですから、春は待ち遠しいのです。

そんな時、カレンダーは「時間」を計るのにありがたい存在です。だれが発明したのか、「暦」があって、人類は「時間」を生活に取りこんで上手に活用してきたのです。山にいると、その見えない「時間」がよく見えてきます。人はなぜアクセクと働くのか？　人はなぜ休みたくなるのか？　時間を活用し、カレンダーを上手に使っているように思っていても、すっかり時間やカレンダーに縛られてアップアップしてしまっているのです。

ぼくは正月が過ぎると、二月には「光の春がやってくる」とか、三月になれば「もうお彼岸だ」というように頭の中に思い描いて、コタツの中でうたた寝をしているのです。

来る年をどう過ごす？

コタツの中でウツラウツラしながら考えることは「来る年をどう過ごすか」です。来る年もまた「あっという間」に過ぎて行くのでしょうが、新しいカレンダーを眺めながら「去年ガンになってしまったあの人はどう過ごすのだろう。病院かな？」と思ったり、「九十八歳になったわが老母は『来年のお正月にはもう居ないわね』とここ毎年言ってるな」とか、「あの家のN子ちゃんはお腹が大きかったけど、○月には生まれてるのかな？」とか、山の中に暮らしている割に、あれやこれやが気になっているのです。

時折、山には子どもたちやその家族たちが登って来て「別世界」を楽しんで行ってくれます。質素で粗末な建物しかないけれど、「別世界」の幸せはたくさんあります。来る年はどうぞこの子たち、この人たちが幸せでありますように。

ぼくがいてもいなくても、この山にはとてもいい風が谷底から吹いて来たり、林の向こうから吹いて来たりします。そして、静かに時が流れて行きます。

4
ぐうぜん

偶然なの？

偶然の反対は必然と言うらしいのですが、「たまたま」と「なるべくして……」との差なのかと思います。「仏さまのお示し」や「神さまのお導き」というのは、心の底の魂の話だから偶然、必然どっちでもないのでしょうけど、この現象界のことは「たまたま」の積み重ねなのか、「誰かの意思が働いている」のかとても興味深いところです。この人生をどのように受け取って行動したら良いのか迷うところでもあります。

計画通り、予定通り、思い通り？

ぼくの得意技は「上手投げ」でも「はたきこみ」でもなく行き当りバッタリの「出たとこ勝負」です。勘を頼りにすべてが無計画でやってきたから生活上の「イメージトレーニング」も何も必要なしです。

ですから、世間の人のように社会性は身につかず、気がついたらこの山の中に押し込められて不良や元気のない子どもたちとの共同生活をすることになってしまったのでしょうね。しかし、よく考えれば世界中の人間がみなこのように、欲をかかないで出たとこ勝負で生きたら、絶対平和も大安心も得られること間違いなしなのです。

この山の中にも不安や悩み事や問題解決のテーマを持って登って来る人もいますが、みなさん「計画通り」「思い通り」「計算通り」「予定通り」をしっかり頭の中に握りしめているようなのです。このごろはなんでも「思い通り」にできてしまうという錯覚におちいってる人が多くて、「思い通りにしたい」という思いを手ばなせないのです。そんなことが引き起こす事件も多いと思いませんか？

こういうのを「こだわり」とか「とらわれ」とか言うのです。ナゼ、これほどに「こだわり」とか「とらわれ」に支配されるようになったのかと言えば、これは例のごとく便利さの行き過ぎです。中でもインターネットなどやハイテク技術の進歩でしょう。

人の生命までコントロールできると思いこんでいて「思い通り」「計画通り」「計算通り」「予定通り」と言うものに支配されていくのです。自分の健康でさえ「思い通り」にならないとインターネットで情報を集めてはイライラしているのです。あくまでも体を思い通りにしようとしています。子育てに至っては「計画通り」「計算通り」「思い通り」を押し通して子どもに迷惑と重荷を背負わせるのです。

学校の教師やお役人さんは「決まった型」や「計画通り」にハメラレルて苦しみ、夫婦関係で悩む人は「思い通り」のぶつかり合いで苦しむのです。せっかくいいものを与えられているのも見えなくなっているのでしょう。

「ぐうぜん」の力は強い

事実はどうなんだろう？　人生の実態はどうなんだろう？　と考えることは無意味なことなのでしょうか。今いるこの「ぼく」はいったいどうしてこの「自分」なんだろうと思えるし、この時代のこの世に人間として生まれてきているのはどうしてだろう？（ミミズじゃなくてよかったなんて言ってるのじゃありません）これは偶然なのか、誰かの（何かの）計画に則っているのだろうか？

自分の話で恥ずかしいのですが、四十数年前のある日、井の頭線の下北沢駅で降りて、下を走っている小田急線の急行に乗り換えたら、そこに乗っていた女性がぼくの家内なのです。ふだんのぼくは急行に乗る時は前から二両目に乗るようにしているのに、たまたまその時は階段を下りていったらそこに急行が来てしまったので目の前のドアーに飛び乗ったのです。まるで韓流ドラマのような「運のつき」です。あれから四十数年、ぼくの人生はそんな出来事の連続です。ときにはお釈迦さまに教えられ、ときには観音さまに助けられての偶然や、たまたまの連続です。

面白い話もあります。ぼくの曽祖父の朝七は幕末の争乱時にいち早く捕えられてしまい牢屋にぶち込まれていたのだそうです。ところが、その後所属していた党は全員が討ち殺されてしまい全滅してしまったというのです。もし朝七が、あの時点で捕えられていなかったら、ぼくらは存在していなかったというわけです。

そう考えてみると、今ある自分は、偶然に生きのびた生命の連続の結果なのです。すべてが、偶然、たまたま、の出来事にぼくらが対応しているだけなのです。自分で決めたことなんか表面的なことだけに限られているのです。偶然の力はものすごい力です。たまたまぼくらは日本が戦争で負けて、平和な時代に生まれ育って、平和憲法に守られて、国に強制されることもなく、のん気に一生を過ごすことができました。もうちょっと早くこの世に出てきていたら、ぼくのようなムキになる性格からして、きっと真っ先に「戦死」していただろうと思います。こういう偶然はまた違った解釈でしょうが——。

魂《たましい》に響く

戦争によって生命の恐怖（死の恐怖）を強いられていた若者たちは、自分の不運を嘆いている余裕もなかったかもしれません。そんな中でも「観音さま」はきっと人々を「偶然と思えるものによって救っていた」のだと思います。

同じように若くして死んでいくとしても、お地蔵さまや観音さまが救ってくれたに違いないのです。それは、人の「計算通り」「計画通り」「思い通り」を超越している魂の響きだからです。魂に響いているものを受け取って行くアンテナが「宗教心」というものです。神や仏は決して「私のおかげと思いなさい」とは強制しませんから、わたしたちには「偶然が重なってる」ように思えるのです。そういうかけがえのないご褒美を頂いているのですから、わたしたちは魂に響くものを感じるアンテナを用意しなければならないのです。

ぼくとあなたが出会うのは、ひょんなことの繰り返し（偶然）なのです。それは、父と母が出会ったからぼくがいるなんて単純なことでは決着しません。そもそもが宇宙大のものなのですから。

山の畑の小道にときどきモグラが日干しになって死んでいます。

あらまあ可哀そうにと思っている間にそれをカラスが持って行ってしまいます。

「あんなの食べてウマいんだろうか」と余計なことを考えます。目のないモグラが間違えて「たまたま」地上に出てきてしまって死んだのだろうと思います。だけど、「しまった」と思った様子もありません。見事に死んだのでしょう。どれもこれも推測で、本当はどうか知りませんが、きっと「モグラはモグラの一本道」を信じて生きたんだろうと思います。「モグラの一本道」はどんな一本道だったんだろう?

好きも嫌いもなくこの世（地中だけど）に生まれ、それがたまたまこの「くだけ」の山の中の畑だったに過ぎません。いいも悪いもなくこの世（地中）を生き、ミミズのにおいなんかに誘われて、出会ったメスと結ばれて、子を産んだりしながら只管《ひたすら》この一本道を掘りながら生きた。おそらくは「たまたま」土手の端っこに出くわして落っこちてしまったのでしょう。悪いことをして罰があたったのではありません。

人間の一生には「お地蔵さま」や「観音さま」が「偶然」という形で助けてくれることがいっぱいあるのです。心の底にある魂がそのことをよく知っています。

5

よいこと ばかり

「よいこと」とは何だろう

昔、父が色紙に《よきことのみぞ》と書いたら、そこに居合わせた若い女性が「よきこと　のぞみ」と声を出して読みました。

なるほどこれは面白いと思いました。ぼくもまだ四十代のころでしたから、この山で不良や不登校の子たちとの共同生活を始めて日も浅く、朝から晩までただただ勢いでこの子たちを動かしていたような日々でした。「よいことを望む」ことには何の疑問もありませんでした。この子たちの不良や不登校や心配性が治って、自立的にそして自律的に生きていくことを「よいこと」として、それを望むことこそ自分の使命だくらいに思っていましたから……。

ところが、本当は父は「よきことのみ　ぞ」と書いたのでして、字面を読めば「よいことばっかりなんだ」とフワ～ッと受けとめていましたから、若い女性が間違えて「よいこと　のぞみ」と声を上げて読んでくれたものだから、「のみ　ぞ」の内容が初めて意識の中にハッキリと浮かんで来たのです。

そもそも「よいこと」とは何だろう?と考えると、まあ普通は「楽してもうかる」なんてことを「よいこと」としたり、「得すりゃなんでもいいこと」だ、なんてことを言ってる変に根性の座った人もいます。子どものことなら希望の学校へ入れたなんてことも「よいこと」です。

世の荒波を上手に泳ぎ渡る……てなことを、一生の課題として生きて行くと、「よいこと」には当りハズレがあって、必ず「悪いこと」にもイメージがふくらんでいくようですね。

最近、と言ってももう十五年も二十年も前からですが、増えつづけている子どもの悩みごとの中に「私立中学受験」の挫折というのがあります。親は子のためにと思って競って「難関校」を目ざして、だいたい四年生頃から受験塾に行かせて、詰め込みの訓練をさせます。（こんなのは決して教育とは言えない）こんなケースがひっきりなしにやってくるのです。親はどうしたわけかこうしたことを「よいこと」と思い込んで驀地《まっしぐら》です。

そんな親子がなぜぼくの所に来るかと言えば、その「よいこと」の結果が思う通りには行かなかったからです。合格だったり、不合格だったり、その結果はマチマチですが、早い子は六年生から、たいていは中学二年生のころからやる気が失せてしまい、中には高校生になると完全におかしくなってしまう子もいます。

それでも、そういう親は「ごめんね。悪いことしちゃったね」とは絶対に言わず、「おまえのためによいこととしてやったんだから、目を覚まして、もう一度頑張れ！」なんて言うのです。犬の訓練じゃあないのに「勉強が終らなきゃゴハンを食べさせない」なんてことを言う親もいました。

「よいこと」という目先の結果は、とんでもない見当違いでしかありません。

「よいこと」をしなさいと言う人もいます。「よいこと」をしていればきっとあなたのためになる……というのです。そういう「よいこと」の内容は人への親切だったり、思いやりだったりします。「善行善果《ぜんぎょうぜんか》、悪行悪果《あくぎょうあっか》」と言いますから、なるほどそうかも知れませんが、なかには「よいことをしよう」とキョロキョロ探して「よいことの押し売り」している宗教団体もあるようです。いったいどこに目をつけているのやら。

「私たちはよいことをしています」と宣伝している団体もあります。そういうのに限ってどこか裏に隠しごとがあるなんてことを言っているわけではありません。

「よいこと」って何だろう?

人に認められてホメラレルことを探すってことか?

学校の道徳ならその程度でいいかも知れませんが、真剣勝負（一回限り）の人生には、そんな程度の「よいこと」ではとうてい納得がいきません。なぜなら、一回きりの人生には、あとで「シマッタ」なんて言えないのですから。

そこで、あらためて「よいこと」とは何だろうと問いたいのです。

よいことはする

わが家ではもうずっと前から「人生の宝庫を開く三つの鍵」という大きな額が玄関入るとすぐの所に掛けてあります。

三つの鍵
ケチな根性はいけない
イヤなことはさけないで
ヨイことはする
和田重正

というものです。

そもそも、この三つの鍵というのが曲者で、一度これを胸のポケットにしまい込むと、一生の宿題となってしまうのです。

この三つの鍵は他者（相手）に向かって言う言葉ではなく「自分の内ポケットに入れておいてときどき取り出して眺めてみよ」という代物なのです。

で、問題はその三つ目の「ヨイことはする」というものです。

さっきから言っているように「よいこと」をするとかさせるとか、というのが世間一般の考えですが、「よいことは」というのは、他人事ではなくて、自分事なのです。どこかに存在している「よいこと」ではないのです。自分自身が毎日毎日している暮らしの中の「よいこと」なのです。とどのつまりは、「よいこと」とは、いま目の前にあるやらなきゃならないことを一所懸命することなのです。

食事が終ったら食器を洗って片づけることが「よいこと」です。

道に迷った子どもたちや若者たちに伝える生活の「コツ」や「ツボ」（合わせてコツツボ＝骨壺）（笑い）は、こんなに単純なことだったのです。「よいこと」がどこか外に転がっていると思ったら大間違いなのです。「よいこと」とは目の前にあることです。

よきことのみぞ

ぼくらには間違いなく、とても「よいこと」が与えられています。「今　ここ」

を一所懸命生きてみれば、そこに与えられているものはすべて「よいこと」です。「よいこと」以外には何も与えられていないのです。

こんなおいしい話はありません。でもなぜ人間はこんなおいしいものを単純には味わえないように仕組まれているのでしょうか。そこでどうしても、どこかにおいしいものがあると思って、もっともっとと追いかけてしまうのです。

神さまはきっと、ちゃんとした計算づくのもとで、このような設計ミス（計らい）をしたに違いありません。なんとも粋《いき》な計らいです。そして、悩んだり、苦しんだりして、この道を求めた人だけに「気づかせて」くれるように設計したのです。

「よきことのみぞ」と色紙に書いたぼくの父は、きっとそのことに気づいていたのでしょう。ぼくらには「よいこと」以外は何も与えられていない。お釈迦さまも阿弥陀さまもきっとそう説いていたに違いありません。

6 あの世の宗教者会議

生前のはたらき

歳をとるってことはとても不思議なことで、若い頃には感じなかったことがいろいろと起こってきます。例えば、やたらと涙もろくなってしまって、わが子たちがまだ小さかったころのことを思い出すだけで涙があふれてきたりしてしまいます。「ゴメンネ苦労をかけてしまって、お父さんが悪かったね」なんてことを思ってしまうのです。あるいは、この山にやってくる元気のいい子どもたちのハリキッている姿を見るだけでも感動して涙が出てしまうのです。きっと「あの世行き」が近づいてきている証拠だろうと思います。

先日、高校時代の同窓会誌が送られてきたのですが、それを見て愕然としました。あのまじめでしっかりしていたS君も、超エリートのお茶の水女子大で数学なんかをやっていたE子さんも亡くなっていたのです。それに、もうすでに何十人もが「あの世に逝って」しまっているのです。

そうなると、この一足早く「あの世」に逝ってしまった人たちは、どうしているんだろうなんてことを考えてしまいます。S君やE子さんはまじめな人たちだったから「あの世」に行っても立派にやっていけそうだけど、不良だったK君も死んじゃっているのです。授業をさぼり暴力事件を起こしたり、カツアゲなんかをしていたK君は「俺みたいなヨタやってるヤツはろくな死に方しねえな」なんて言っていたし、せっかく早稲田大学なんてところに入ったのにヤクザになってしまったヤッサンは抗争で刺されて死んでしまったのです。G君は女とガス中毒で死んだなどと新聞記事になっていたし、そんな不良組は「あの世」でどんなことになってるのか少々心配なのです。法律や道徳に反した行動をしていた人たちの「生前のはたらき」は、しっかり勉強ができた真面目組の人たちの「生前のはたらき」と価値の差があるのだろうかと考えこんでしまうのです。

生前とてもいいこと（善行）をした人は「あの世」ではいい思いしているんだろうなと思うし、人の嫌がる悪いこと（悪行）ばかりしていた人はきっとイヤな思いをしているんだろうな、と想像するのが普通のような気もするのですが、でも、ウーン！ほんとうにそうなんだろうか？「生前のはたらき」ってのは、あの大会社の社長で大金持ちの有名人と、各駅停車しか止まらない小さな駅裏でやっとこさやってる無名のラーメン屋のおやじと、どっちの「はたらき」が高く評価されるのだろうかと考えたのです。質素な生活をし、ボランティア活動によく参加しているあの脚の悪いクリスチャンのご婦人と、高級車に乗ってちょっとした事業を手掛けている立派そうなあのおじさんの「はたらき」はどう評価されるのかなあ?そう考えるといろいろ発展して行って、この人間界の犯罪はどう判定されるんだろうってことにもなり、不道徳なことばかりしているぼくはどうなんだろう？　と思ってしまうのです。

あの世の宗教者会議

そう考えた数日後に見た夢です。

ぼくもこのことは全く知らなかったのですがどうも「あの世」には「宗教者会議」というものがあるようなのです。それも「常設で年中無休」のようなのです。

この世では、宗教と言うものがどんな役目をしているのかと言うと、何と言ってもこの世でどう生きるかの拠り所としての「安心の素」みたいなもので、「味の素」のようにちょっと振りかければたちまち人生が美味しくなる、そんな役目かと思っていたものですから、「あの世の宗教者会議」となるともっと内容が濃そうでビックリ仰天なのです。

宗教者というより宗教屋というか、人の心をもてあそんだり、少々口先上手にお布施をたくさん要求したり、自分を信じないやつは懲らしめたり、他の神や仏を信じちゃってる者たちを殺しちゃったり、まあとにかくこの世の宗教はピンからキリまでいろいろですから、何が本当なのか分からないのです。ですから、ピンもいればキリもいる「あの世の宗教者会議」では、いったい何が話し合われ決定されているのか面白そうなのです。そしてどうやら、「あの世の宗教者会議」での「宗教」の味わいは、「味の素」のように振りかけてすぐおいしくなるような代物ではないとわかって、ますます「この世の人間界」はどういう質のものなのか興味津々となってしまったのです。

人はどうして生前のはたらきを気にするんだろう？　どうして死んでいくことを不安に思うのだろう？　本当の安心ってことがあるんだろうか？

法律や道徳でこの世の行ないの善悪を決めることができず、それを超越しなければならない……となると、宗教者もオチオチしてはいられません。

「あの世」では人間界と言うものが特別な地位であるわけでもなく、色や形や匂いもなく、目に見えず、手に触ることもできないとなれば、なかなか難問です。そこで「あの世の宗教者会議」では、もっぱら物事や存在の真実を伝える役目を担っているらしいのです。

どこにも落っこちない

さて、夢から覚めてみると、この山の冬枯れの景色にうっとりと「美しい」さまを眺めているところに、「子どもの相談、悩み事」「人間関係の苦しみ」、果ては「離婚の相談」までひっきりなしにやってきます。全くもっていろいろな心の苦しみってものがあるものだと思うのです。山の美しさがなおさら際立って見えてきます。

たいていは「誰が悪いのか、どっちが悪いのか」の応酬であって、「自分は悪くない。悪いのはこいつだ」と言うばかりで、いつだってどこかにしがみつきたい不安や心配ごとが先に立ち人生の本筋を見失うのです。しかもその不安や心配は「どこかに落っこちちゃうのでは」という実態のない、つかまりどころのないものなのです。

今ここでこの不安から手をはなしてしまったら「自分」は地獄に真っ逆さまのような気がするのです。「悪いヤツ」を決めてしまえば「自分」は助かるかと思うのです。ところが手をはなしても「自分」はどこにも落っこちはしません。

よく考えると、人間は何万年もの間「進化」を積み重ねているうちに「アタマ」ばっかり巨大に発達してしまい、ものすごくおリコウになったのです。しかし実はそのリコウそうな頭の仕組みこそが大きな欠陥であって、そこにこそ「幸せになり損なう」原因があるってことを、最近になって発見した人（お釈迦さまなんだけど）が登場して、それ以降、次々と何人もの人がそのことに気づいて行ったのです。最近と言ってもかれこれ二千年以上が経っていますから、このことに気づいた人もかなりの数になっていて、それがみんな「宗教者」なのです。

ところで、どうやら「あの世の宗教者会議」では、もっぱら人間さまのもう一つの「進化」を話し合っているようなのです。

人間さまはアタマの中で「自分」を手ばなすことができないので、いうならこれは夢を見ているようなものなのです。幸せと思って不幸を選択したり、得と思って損を選んだり、勝つために破壊を繰り返したり、進歩と思ってやったことで自分たちが住んでいる地球までボロボロにしてしまっているのです。

夢で見た「あの世の宗教者会議」では、人間さまのもう一つの進化、すなわち手ばなせない「自分」というものと、このおリコウそうでバカなアタマをどうするかってことを話し合ってるようなのです。それなら、この世のはたらきは真面目組も不良組も同じということですから、きっと「あの世に行って」ホッとしていることでしょう。夢から覚めてよかったです。

7
平和に生きる

あの人たちに伝えたい

　ぼくの人生の最近の三十年間を振り返ると、そのメインテーマは「平和に生きる」ってことだったと思うのです。

　ところが「平和」ということは、なかなか口で伝えることが難しいことだと思うのです。「世界平和」とか「自国の平和」とか言うと、ウッカリ「積極的平和主義」なんてこと言って戦争してしまう人がいたりします。誰が考えても「平和」とはほど遠い生き方になってしまうのです。大人だってこの程度に「平和」という言葉を使っているのですから、ぼくが相手にしてきた子どもたちに「平和に生きる」ってことがどんなものなのかを伝えることがとても大切なことだと感じていたのです。

何しろ、ぼくが接してきた子どもたちの中には、非行や不登校という子も多くて、「暴力」が内向き（自分向き）か、外向き（他人向き）かの差はあっても、とても「平和に生きる」ことをテーマになんかできない子たちだったのです。中には「自死」を選択した子たちもいます。こういう現実をぼくらはどう受け止めたらよいのかアタフタするばかりです。

あの人たちに「平和を伝えたい」と願っているうちにいろいろ見えて来たことがあります。それはほとんどお釈迦さまの教えじゃあないかと思えて来たのです。「教育」も「宗教」もどちらも大きな闇を背負っていて、人の幸せを願っているのに人を争わせたり、苦しめたりするものですから、そこが変なんだと気づいてみたら、その闇を切り捨てて「平和に生きる」っていう本体が受けとれると思えて来たのです。お釈迦さまってすごいですね。

でも、ぼくはお釈迦さまとは直接の知り合いではないので想像の部分が多いと思います。しかし、「成績をつけて知を競わせてどこへ行く？」とか「地位を背負わせてどこへ行く?」とかをちょっと深く考えれば、それが「平和に生きる」ということの邪魔をしているのだくらいは分かるのです。

共同生活とエゴイズム

そこでぼくが選択したのが「共同生活」の中で「平和に生きる」という方法です。

ケンカや暴力に明け暮れていた少年や、シンナーやセックスで遊んでいた子たちや、学校へ行けないで家にこもっていた子たちとの「共同生活」はなかなか面白くて、彼ら彼女らからいろいろなことを学びました。今でもぼくは「引きこもっている人」や精神的におかしいと言われている青年たちからたくさんいろいろなことを学んでいるのです。とてもありがたいのです。

どの子たちも、要するに「自分」という一大テーマに行きついてしまえば「平和に生きる」ということを受け取ることができるのです。逆に言えばエゴイズム（利己主義）という考えの素となっている、「自と他」の意識や判断や価値基準が様々な人生を狂わせる原因になっているというところまでは、誰でも気づくことなのです。

そもそも、人間の頭は自己中心的に働くようにできているのです。ぼくだけではありません。世間一般の人はどうやら全員が「ジコチュウ」にできちゃっているのです。あの人たちだけでもないのです。

そこで、「それを何とかしたい」と思って、一つの方法として「エゴイズムを封殺する」という方法を考えていくとわりとたやすく人の心をコントロールできるのです。それの応用が国家主義や全体主義に乗っかるのでしょう。これは簡単に言うと、エゴイズムを大きくしただけで滅私奉公のようになるのです。

もう一つ、少し大変だけど「エゴイズムを超越する」ことがあるということを教わったのです。「集団生活」と「共同生活」のあり方の違いと言ってもいいかと思います。ぼくのやり方は規則ずくめの「集団生活」ではなくて自分を活かし合う「共同生活」の方法でやってきました。

一緒に生活していると、部屋割りから当番から食事の量からケーキの分配まで様々な所で「自分」と「自分」が衝突します。そんな時に規則でコントロールするのは簡単のようですが、その方法ではなくて「隣にも『自分』と思っている人がいるよ」とか、「みんなで一つだよ」とかというヒントを出します。そうすると、どんなに悪いことをしてきた子でも「そうかあ、初めっからぼくらは活かしあっているんだ」なんてことに気がついて、お互いが深く信頼しあって仲良しになれるのです。そのあげくに隣の人のおかずをとっちゃったりして「へっへっへ…」と笑って許しあえるのです。細かい所はともかく、ぼくらの存在は初めっから「補い合って、たすけ合っている」のです。

「殺生」という重い宿題

こっちも「自分」なら、あちらにも「自分」がいるってことを知ることが、「平和に生きる」ことの最も基本的なところです。「ウカウカしていると大事なものを盗られちゃうから、しっかり防衛しなきゃあ」と守りの体勢固めると、あちらもそう思っているのですからどんどんエスカレートしてとうとう殺し合いの戦争なんかになってしまいます。

エゴイズムは防衛的な生命の仕組みなんだということは認めざるを得ません。子どもが大人になって行く道筋をたどるとよく分かります。いつまでも子どもっぽい人は「自分」に対して防衛的でケチ臭いことを言ったりしているうちに、人から嫌われたり対立したりしてしまうのです。

エゴイストがちょっとでも周辺の人たちと仲良くやれるようになっていくと、少しだけ人間として成長して「おとな」になって行けます。そのまま防衛的一辺倒の「自分」から「みんなで活かし合ってる一つのいのち」に成長していけます。まさに「平和に生きる」です。

ところが、それでもなお、一つ難問が残ります。

「殺生《せっしょう》」という難問です。これほど重い宿題はありません。

こちらの「自分」があちらの「自分」を殺していいわけはありません。

ぼくの住んでいる所は標高四五〇メートルの山の中で周辺に人家はありません。隣の家まで一キロメートルはあります。そうなると畑は獣害でとても困ってしまいます。だったらその動物を捕獲してしまおうとなるのです。防ぐためには殺してしまうのが手っ取り早いのです。畑を守るためには防衛して殺せば自分は平穏に生きていけるだろうということです。

ところが、そのことがとても重い宿題となって自分の心にのしかかってくるのです。頭の中で思い描いているうちは「畑を荒らすのだから仕方ない。こちらは自分を守るためにやってるんだ」と納得したつもりなのですが、実際に鹿一頭殺してのしかかってくる心の負担は実行したものでしかわかりません。アリ一匹ひねりつぶしただけで「ごめん、ごめん」と言いたくなってしまうのですから——。

やってから分かるのでは遅いので「これはしてはいけません」ということになっているのです。だから戦争なんてことはどんな理由でもしてはいけないのです。自分はやらないで「国民にやらせる」と言うような人は、どうしても「平和に生きる」の意味が分からない人のやることです。

第二章

娑婆でつれそってる人

8

つれそってる人、

生きてる理由

ぼくらがこの山の中に引っ越してきた頃、すぐ下の家におじいさんとおばあさんがポツンと住んでいました。

おじいさんのカネキチさんはとても小さな男《ひと》で、おばあさん（名前は忘れましたが）は大きな女《ひと》でした。その組み合わせがなんともかわいらしくて、面白かったのです。

おじいさんは毎日山を歩いておよそ四、五十分登って県営の牧場にお仕事に行き、おばあさんは家の周りの小さな畑を耕して、それ以外はブラブラしていました。

おばあさんは割としょっちゅうあの小さなカネキチじいさんに叱られていました。そうすると、ショボンとして肩をすぼめて一キロも先の谷まで行って下の街を眺めていました。

どうしてこの山の中でポツリと二人でつれそって生きているんだろう?その理由は二人の仲にはちゃんとあるのです。

手つなぎ

子どもたちの相談を受けたり、子どもを預かって生活しているうちにだんだんと分かってきたことは、親子がちゃんと「こころの手つなぎ」をしていないということが多いってことです。「こころの手つなぎ」していないと、いろいろなところで転んだりつまずいたりしてしまうのです。

ハッちゃんがぼくのところに預けられたのは中学三年生でしたが、ものすごく荒れていて悪いことばかりしていたのでつれてこられたのです。お母さんは学校の先生をなさっていて余計にお困りになったんでしょうね。

学校の先生ってのは、よその子の面倒は見られても自分の子には目が届かないのかなあ……なんて思ってみていたら、そうじゃあなくって「教育的配慮」ばかりしていて肝心の「こころの手つなぎ」ができていないってことだったのです。

実は、ハッちゃんがぐれたのは、六年生の頃にお母さんと手をつないでお買い物に行っているのを、同級生に目撃されて冷やかされたのが原因だったというのです。ん？　じゃあ、ちゃんと手をつないでいたんじゃあないですか……？

そこが違うんです。六年生の男の子とお母さんが無理やり手をつないでいたんじゃあ尊厳の侵害なのです。「自立」とか「自律」とか、その奥で「こころの手つなぎ」が必要だったのです。

親子はいずれ別人格です。家族はどこかで何かがずっとつながっていたいのですが、家庭と言えばいつかそれぞれが独立して行くのが健全な姿かなとも思うのです。

結婚式まで決まっていたお嬢さんが、直前に引きこもって五年も六年もたってしまったという人もいます。これもお母さんの子離れができていなかったのが原因です。この人にとってはお母さんは、「つれそって」いたのではなくて、「つきまとって」いたり、「つれまわして」いたりしたのです。

一緒に生きる

ぼくの父は二十九歳で母と結婚して、八十六歳まで生きていたので、五十七年間も母と「つれそって」いました。その間に七人も子をもうけて大家族になっていたのです。

子どもたちがみな成人してバラバラになった後は、この「風のおいしい山」の中に引っ越してノンキに暮らしていました。

父は炊事や洗濯を全くしたことがなくて、母もあまり料理は好きじゃあなく手抜きが大好きな上に、少しだけシミッタレたところがあって、どうも「いい組み合わせ」ではないと思えるのでしたが、ご本人たちは「観音さま」や「阿弥陀さま」を信仰していて誠に穏やかに暮らしていました。

父にはお弟子さんのような人が何人もいて、みなさんが口をそろえて「先生はこの奥様がいらっしゃるから何とかやっていけるのですね」とおっしゃるのです。

でも父は母に隠れて、ぼくら子どもたちには「お母さんを大事にしてやってくれ」と別の意味も含めながら言うのでした。

バランスはどんなものでもいいのです。「観音さま」や「阿弥陀さま」は公平なもので、上手に「つれそう」ことができるようにしてくださるものです。

父が亡くなる直前、母は看取ることよりその先の葬式を見越して、さっさと自分の美容院に行ってしまいました。その間に父は息を引きとったのです。絶妙のタイミング（呼吸）です。長年つれそっている人でないとこうはできません。

補い合ってる

こうして考えてみると、夫婦であろうと、親子であろうと、ご近所であろうと、「つれそってる人」と言うのは、小さいカネキチじいさんと大柄なその奥さんのセットのようなもので、見た目では理解しがたい「何か」があるようで、「そりゃあ不平不満を言ったらキリがない」けど、ここはひとつ「観音さま」や「阿弥陀さま」を信じて穏やかにやって行くしかないのです。

ぼくの家内も結婚当初は「なんで結婚したの?」と、ぐるりの人に尋ねられたようです。「さあ、なんでかなあ? 何となくいつの間にか結婚していたのよ」なんて答えていました。みなさんの疑問はきっと「稼ぎのない、仕事もしていない、ハッキリしない、いい加減な、将来性のないこんな男と……」と言った意味が含まれていたのです。確かにそうです。定職もなく何の肩書もなく資格も持たず無収入の男と「つれそう」気が起きるのは不思議です。

先日の朝「今日は○○に講演に行くのだけどこのシャツでいいかなあ」と言うと、家内はこちらを見もしないで「いいんじゃあない」と言ってくれました。「阿《あ》吽《うん》の呼吸」って言うんですか……これって?

今朝はパンを食べていたのですが、家内がぼくに向かって「ジャムとって」と言ったようですが、ぼくは何となく家内が見ている方角を察知してマヨネーズのふたを渡しました。家内は黙ってぼくの前に手を伸ばしてジャムをとっていました。

これが長年つれそっている人のどうしようもないやり取りです。でもつれそっているのです。

九十八歳になった母親も参加して、立ち上がったとたんに「ブーッ」とやりました。近くで家内に腰をもんでもらっていたぼくも「ブー」と応えました。家内は「何、この親子。二人で響き合っちゃって」と大騒ぎです。

つれそってる人の理想的姿なんてものはありませんん。屁のようなもんですが、何となく補い合っているんだなあと思っていれば、後は「観音さま」が上手に導いてくださいます。手がたくさんある観音さまや白い衣を着た観音さまが現れてくださいます。中でも水の中に月が浮かんでる観音さまはぼくの守り本尊らしいので、ありがたくお任せしています。

今更ながら「ぼくはずいぶん多くの人とつれそって生きているんだなあ」とつくづく感心してしまっています。そしてかなり具体的に補い合っているのが事実です。

9
目の奥にあったもの

犬の気持ち

毎朝、犬三頭を連れて山道を三十分ほど歩きます。犬たちの性格もそれぞれで「よくまあこうして毎日同じことができるもんだ」と感心するほど、それぞれがそれぞれに毎日同じことをイキイキとしています。犬からするとぼくのことは「よくまあ毎日同じことをヨタヨタと……」と思っているのでしょうけれど。

最近、若オスの茶太郎がシカを見つけては追いかけます。ときには五、六頭の群れだったり、ときには若鹿一頭だったりしますが、どんなときも茶太郎の眼は突然鋭くなって、二、三回吠えたと思ったら後は無言で山の中を猛ダッシュで追いかけます。ほかの二頭はずっと吠えつづけて後を追います。

ぼくが合図をして呼びもどすまで山の奥へと走りますが、合図をすると戻って来て、茶太郎はとても充実感のある眼をして誇らしげにぼくを見ながら寄ってきます。「ホメテヨ」とでも言っているようです。ほかの二頭も十分に満足げな顔で戻ってきます。言葉はなくとも犬の気持ちは、その眼を見ればよく分かります。

子どもの顔色をうかがって

ここにやって来る子どもたちや、そこにくっついてくる親たちがいろいろな様子を見せてくれますが、最近どんどん増えているのは、子どもの気分や感情に振り回

されている親たちです。そういう親たちは夫婦の関係でも信頼しあって安心できているとは言えない間柄のようです。

子どもたちはぼくと接しているときはまことに落ち着いて積極的なのに、お母さんと一緒だと急にワガママにふるまったりします。お母さんの方もただ困ってあげればいいのに「正論」で対抗するもんだから、子どももさっき言ってたことと正反対のことを主張したりして、ますます親を苦しめます。そうすると、親の方は子どもの顔色をうかがうようになって、疑心暗鬼《ぎしんあんき》で取引するもんだから、子どもの勝利になるようなのです。

もちろん、当のご本人たちはそんなことにはまるで気づいていないから、口ばっかり達者で「私はちゃんとしていて、子どもの顔色なんかうかがっていません」と主張するもんだから厄介なのです。こういう人は夫にも身近な友人に対しても同じようなことになっていて、それは「仕方ないこと」と決めているのです。こういう人は、言葉にできないことを受け取ることができない人なのだと、ぼくは思っています。

言葉にできないこと

学校という所では「しっかり発言する子」がいい子ということになっているようで、ぼくの所とはだいぶ違うのです。ぼくは「何も言わなくたっていいよ」と言っています。（だって目に書いてあるよ）考えてみると、ぼく自身は子どもの頃から学校やその他の所で、手を挙げて意見を言ったり、答えを言ったりしたことは一度もなかったと思います。それは「超一級の自意識過剰《かじょう》の恥ずかしがり屋」で「劣等感の塊《かたまり》」だったからです。今でもその傾向は変わりません。だから人にも「無理に手を挙げて発言しろ」と言うのは大嫌いなのです。そして、子どもたちと一緒にいる大人なら、言葉にならないことを受け取らなければならないと思っているのです。大人同士だってそうです。言葉にならない「思い」を受け取らなければなりません。

口から先に生まれたようなオシャベリの子もいるし、人を押しのけてでも自己主張したい子もいます。そんな人は大人にもいます。しかし、そんな人たちも言葉のそのまた奥に一番言いたいことがあるのです。ある意味、言葉や文字は信用できないと言ってもいいのです。言葉や文字はとても便利ではありますが飾ってしまうこともできます。時にはウソや空想もあるのです。

目の奥にあったもの

数か月ほど前に、家内が網膜剥離《もうまくはくり》というのになって緊急の手術を受けました。ビックリしました。だいたいこの病気にはボクシングの選手くらいしかならないと思っていたので、どこかにぶつけたのか、知らないうちにぼくがぶったのだいちゃったんだろうか、なんて思ってしまいましたが、医者が言うには「加齢でなることもある」と言うのである意味ホッとしました。

ちょっと前から「目が変だ」とは言っていたのですが、最近始めたパソコンのせいだろうくらいに思って「よく休めばいい」なんて言っていたのです。ところがだんだんと見えなくなって来て「自然にまぶたが下がってきちゃう」なんて言うもんだから、覗いてよく見ても、目は開いているし、「こりゃあ変だ」ってことになって近くの目ん玉のクリニックに行ったのです。

そうしたらいきなりそこの医者が「ここじゃあ手術できないから、明日絶対に大病院に行け」と紹介状を書いてくれたのです。ビックリ仰天です。次の日の朝、早速にその大病院とやらに行くと、さらにビックリ「今日中に手術する」と言うのです。

諸々の検査を済ませて、手術室に入ったのはもう夕方でしたが、手術室から出てこないこと四時間。「あの小さな目ん玉の奥にこんなにてこずるなんて……」とぼやきながらひたすら待ったのですが、ぼくの方は待つだけですから気楽なもんですが、家内はまばたきもできずにじっと耐え、途中で「咳が出そうなんですけど」とお許しを請う始末だったようです。

やっと終えてベッドに戻ってからがまた大変、一週間はずっと下向いて寝てなきゃあならないのです。

二日目に見に行ったら「辛いけど修行と思えばいい」なんて言うもんですから「修行の方が楽そうだね。お釈迦さんだって難行苦行はいらないよって言ってるんだから」なんて何の慰めにも励ましにもならないようなことを言って帰ってきてしまいました。

9　目の奥にあったもの

あの小さな目ん玉の奥にはそんな秘密があったのかと感心してしまいますが、今日の主題はそこではありません。

心の輝きは目の輝き……、心の不安は目の曇り……とでも言うのでしょうか。言葉にならないものをこの目の奥に感ずることがときどきあるのです。恋している者同士は「見つめ合うその目の奥に感ずるものがビンビンと伝わって来る」こともあるのでしょう。あれは目の奥にハートマークが幾重にもあるから「この人を大切にしよう」なんてことが伝わるのです。

死んだ魚のような目をしてこの山に登ってくる子たちも後を絶ちませんが、やがてこの山の自然になじんで「ここにいていいんだ」という安ど感からイキイキとして目も輝いてきます。何年も家の中に引きこもっていたあの青年も今やイキイキと山の作業をしているのです。

冬ごもりの時季を過ぎ、春を迎えたあの少年の目の奥にあるものは「さあ生きよう。イキイキと――」というものです。言葉はいりません。理屈もいりません。不安や心配も悦びもちゃんと目の奥にあるのですから。

10

片想い

冬の山の静寂

冬の山の夕闇は「静寂」そのものです。

山のシルエットが色濃くなって、心の中にせまってくるものがあります。この「せまってくるもの」って何なのだろうと考えてみると、若い頃のホロ苦い甘酸っぱいものと近いのか……いやいや、もう少し淋しさが入っているようなのです。

人、山を見

山、人を見る

この「静寂」の中に厳しい人生の味わいがあります。

恋してる

若い頃、何度も女の子を好きになってしまって失敗しました。今でも女性は好きですが若い頃はちょっと内容が違ったのです。

どうやら「片想い」というのが失敗の原因だったようです。ぼくは「片想い」ばかりしていましたから。

恋してるというのは、相手のことを想うこと、思いやることだとは知らずに、恋することは自分の思いを押しつけること、自分の想いをふくらますこと、そんなふうに「片想い」をしていたのです。一方的に「片想い」でもいいからずっとこの娘《こ》のことを想っていたい。何となく自分の想いが伝わっていかないことの言い訳にするためにカッコをつけていたのです。一方通行です。恋する道はそんなに甘いものではありません。一方的に押しつけるのではなく、お互いの心が通じ合って、一つ世界に生きて、苦楽を共にすることができてこそです。若い頃にこんな理屈を知っていればもっとまともな恋をして、もう少し深い人生を歩んでいたかもしれませんね。

残念ながら、未熟な人生ってやっぱり「片想い」をするようにできているのです。

信じてる

年齢と共に、心の中の求めはいろいろに変化して行きます。自分もそうでした。四十歳を前に「目をさまそう」とこの山に移り住みました。そう言ってもなかなか目はさめるものではなく、それまでに積み重ねて来た苦しみや悩みを引きずったまま、迷い道に入ったようなものです。ここでも明るく「片想い」のように一方的に救われる道を求めていたのです。それから三十年近くも、悩み多き子どもたちを受け入れて、この山の中でいっしょに悩みながら、なるべく明るく共同生活をしてきました。

先日、ひょんなことから「自殺防止」のための研修講座をすることになり、若者の命を大切にする……と言う標題で三ヶ所で開講することになったのです。

そこで、かつてぼくが出会った何百人の子どもや若者たちの中で自殺してしまった子のことや、その苦しみを克服して立派にやっている子の話を、いくつかまとめて整理してお話をする準備をしているうちに気づいたのですが、「ぼくはこの三十年間に、究極的に苦しんでいる人たちとずいぶんたくさん出会ったものだ」と、われながらビックリしてしまいました。

ぼくはお釈迦さまの知り合いでもないし、観音さまの親戚でもないのですが、ただひたすらお釈迦さまや観音さまに「片想い」をしていたわけです。若い頃の恋のように……。

この山奥にやって来た悩み多き子どもたちや若者を信じることは、お釈迦さまや観音さまへの「片想い」なくしてはとうていできなかったからです。支えが欲しかったのです。よりどころも欲しかったのです。「自分」を信ずることも無理な状態なのですから「人」を信ずることなんてとうていできません。ですから、「人」や

「自分」ではないものを信じたいのです。昔、勝手に恋をして片想いしていたように、「人」や「自分」でないものに「片想い」を寄せているのです。そのお相手がお釈迦さまだったのです。

一方通行ではない

そんなことをしているうちに、「自分の幸せを守る信仰」を振り回す人たちに出会いました。「他の信仰を否定する」ことを「信ずること」だと言っている人たちに出会いショックを受けたのです。

信ずるって、他を否定すること？

自分の思いや考えに合うものを一方的に押しつけることが信仰？

気がつけば、ぼくも恋の一方通行のように神や仏を信ずると言いながら「片想い」をしているのです。こっちで想っているほど、あっちからも想って欲しい！とダダをこねています。

自分がこれほど想い入れているのだから、観音さまもお釈迦さまもきっとぼくの都合に合わせてくれるに違いない……。それじゃあやっぱり悲しき「片想い」です。

他を否定して、自分の思いの中にあるものを押しつける、そして自分の正当性を証明したい……。それじゃあ一方通行の「片想い」でしかないのです。本当は一方通行でも「片想い」でもない、もっともっと「あんしん」できることがあるってことが、ようやく少し思えて来たところです。

色濃くなる夕暮れ

話は山の冬の夕闇に戻りますが、夕闇がタップリと厳しい寒さや淋しい気分を運んでくるちょっと前に、山々の影を長く伸ばして、太陽が西に沈む夕暮れを迎えます。どこでもそうなのかしれませんが、この山の夕暮れには何もかもが色濃くなる一瞬があります。これは冬に限りません。きっと科学的に理屈を言えば、光の波長がどうだとかいうことなのでしょうね。ぼくは、この一瞬の光の加減が大好きです。

当然、朝陽のあたる葉をすべて落した雑木林の影も、どうしていいかわからないほど大好きですが、すべてのものが色濃くなる夕暮れの一瞬は「人生」そのものの味わいのように思うのです。美しさとも言い切れないよさがあり、仕方ないので「きれいだね」とつぶやくのです。こっちの良さは「片想い」ではありません。こっちには想い入れも、希望も、要求も何もないのですから、一方通行の「片想い」ではないのです。

「人生」の夕暮れにさしかかっているぼくらもこんなふうに一瞬、色濃くなる時があるのだろうか？　できればそうありたいのです。

ガンになり死が直前にせまっていたMさんが、窓の外の何でもない景色を見て「きれいだね」とつぶやいたのは、どんな感じだったのだろう。肺の大手術を越えて目覚めた時に見た葉の緑色は今までの緑色とは全く違って見えたとおっしゃるT先生はどんな感じだったのだろう。何を見たのだろう。

そして、夕闇に包まれた山々のシルエットを見ると黒々とした塊のように見え、一日を終えた安堵と淋しさが入り混じってせまって来るのです。

待ち遠しい春

この「静寂」の後に、また明日には明るい陽ざしが昇って来ると知っているから救われます。厳しい寒さがやって来ると知っているから待ち遠しくもあります。

寒い時は寒さを味わえばよいし、暗い時は暗さを味わえばよいのですが、人は何万年もの間、こうして自然に対しても「片想い」をして一喜一憂しつづけて来たのです。それを含めて「完全両想い」の「あんしん」の中に導いてくれるものがあったとしたらうれしいのです。

そのうち、この冬枯れの山にもスミレが咲き、オオイヌノフグリが咲きます。小さな真白なハコベの花も、ぼくとは「完全両想い」の存在です。人とか自分とかではないものだから、そこに、ぼくは「あんしん」しているのです。

人、山を見、
山、人を見る……です。

11 恋の正体

路チューは恋か？

先日、事務所のスタッフの一人がいきなり声が出なくなって、かすれ声になってやってきました。「どうしたの？ カゼですか？」「いえ、熱もないし痛くもないのです」「そうですか。昔はそういうのを声患いと言ったんだよ」と言うと「それって恋患いじゃないのですか？」「いやいや恋患いは熱も出るし痛みも伴うのですよ。声だけだから声患いね」なんて冗談ばかり言ってます。

ちょっと前のことだからもうお忘れかも知れませんが、国会議員のオバチャンと国会議員のオジサンが、東京のどこかの路上で「チュ〜ッ」と五秒もキスしていたとどこかに書いてありました。する方もする方だけど、時間計ったり、写真撮ったり記事にする方もする方ですね。しかしフザケタ話です。「アナタガタ、集団的自衛権なんて勝手に決めた人たちの仲間でしょ。こんな、酒飲んでイチャイチャしてるようなヤツらに国民の幸、不幸を左右するようなことを勝手に決められたくない」と思ったのはぼくだけじゃあないでしょうね。

そもそも、路チューなんて恋なんですか?犬なら平気で人前でチューどころかアレだってしちゃいますけど、それは恋ではありませんからね。恋と言うのはもう少し味わい深いでしょ。

子どもたちの恋、そして大人も

もう何年も前から気になっているのが、子どもたちの恋愛です。四十年前の子どもたちと比べているのであまり参考になりませんが、だいぶ心配なのです。「アレッ?どうなっちゃってるの?」ってことばかりです。人間同士の関係が希薄になっちゃってるの?と思うくらいです。

ぼくの「恋」の基本イメージは、相手のことを想うことが第一ですから、何より「相手のしあわせ」をひたすら想うことだと信じ込んでいるのです。たぶん若い頃たくさん読んだ「恋愛小説」の影響なのでしょうね。好きになったらとことん好きになって、ひたすら相手のしあわせを願うから、純愛物語の結末が「心中」だったりすると涙を流したり、「三角関係」の常道は、あの人のしあわせのために自分はそれと悟られないようにそっと身を引くか、または潔く身を隠すなどのストーリーに心がしめつけられながら読み終えたものです。

どうせ叶わぬ恋だけど、それでもひたすら想い続けるあの子のしあわせ……どうもそうやって人は大きくなって行ったように思うのです。それは恋愛だけではなく、道を求めて歩むことのすべてに通じているように思われるからです。

ところが最近、新聞などでよく目にするものはストーカー殺人とかデートDVとか、リベンジポルノとかいうものばかりです。あまりに自己中心的で幼稚な人間がたくさん育ってしまったということでしょうか。

子どもたちの友人関係も、ウスッペラで味わいのないものになってしまっていると感ずる事件も多いのです。目の前で展開される恋愛ゴッコもしかりです。

世の中あげて「いじめ撲滅」なんてこと言っていますが、本気で考えれば「そんなのとても無理だよ」と言いたくなる状況が生じているとぼくは観察しているのです。

たとえば「三角関係」だって崩壊していて美しくないのです。なんでここまで人間関係が希薄になっているのか？　答えは簡単です。「宗教」が廃れるほどに「科学文明」が信仰されてしまったからです。このままでは人類は戦争によって滅亡するだろう…というのがぼくの予言です。当たらないといいのですが。二進法でできているコンピュータの世界が十進法の人間の「情」をこわしにかかっています。「恋」の話なのに、なんて大袈裟な！　と思うでしょうけど、人間には「恋情《れんじょう》」はとても大切な「情」の一つなのです。それも安っこくない「情」なのです。

恋が冷めたら

ぼくの考える、人間に与えられた高級な精神活動は「本能」「欲望」「感情」「気分」「知識」「智恵」の総合体だと思っています。

「恋」の正体は「本能に導かれる欲望」でしょう。そこに「恋情」という人間独特の感情が生まれ、個を互いに大切に活かすという仕組みでしょう。人類にとってはかなり重要です。個体としても社会にとっても重要な役割を持っていると言えます。

一般に「欲望」（主に「性欲」）から出発するので「恋情」というのは取り扱い注意という分野に入ってしまうこともあるわけです。

熱が上がったり、痛みを伴うことが多々あるわけですから恋の病は高校生でなくとも辛いものであったりします。

異性とのことだけではなく、あるものが気になったり欲しくなったりすると、そのものや事柄だけを考えてそこにこだわるのを「恋々とする」と言います。よく「権力」への願望や「地位」への欲望を手ばなせないで、いつまでもそこにしがみつこうとすることをこう言います。

ところが、やがてその恋情はさめてしまうと熱病からも解放されます。面白いもので、最近の人はアッサリ別れてしまうことがここでも多いのです。人間関係の希薄さが見えて来ます。子ども同士なら、相手のことも分からずに自分の満足のためにだけ……なんて理屈も通るのでしょうけど、大人になってもこんなふうでは長いようで短い人生を棒に振ってしまいそうです。

恋は冷めてもいいのですが、お互いの幸せは忘れてはいけません。「恋」が冷めたら別次元の「情」がはたらいて互いが傷つかないようにして行けるのです。「慈しむ心」というもので、「おわびと感謝」で成り立っているものです。

こころの自由

「欲望」は捨てることも否定することもできませんが、その「欲望」の仕組みをよく知って生きることが人生を愉しく過ごすコツです。そこで大きな問題が「自由」という宿題です。

先日、「ありのままの～」といういつか流行した歌の内容と、ぼくらの世代が愛したビートルズの「レット　イット　ビー」の違いを解説した人がいました。

「自分は自分らしく自分のままでいい」というのと「仏や神に抱かれてそのままに」または「いのちのままに」という差があるようなのです。大宇宙と小宇宙の差、あるいは大満足と小満足の差なのだと思ったわけです。

大は「自分を含んだ世界」のことで、小は「自分を中心にした世界」のことです。

「自由」という宿題の答えがこの辺にあるのでしょう。人を踏みにじるようなのは「恋」とは言えません。そんなものは自由ではないのです。

自分も相手も「大切に、大切に」

年頃の娘が「恋」をすると急にきれいになるのは不思議です。あれは、きっとどこかから特別なホルモンが体内で作られて、「相手を思う気持ち」がグッと出てくるので活き活きとして、美しくなるのですね。相手のために自分ができることを一所懸命探して行動するのできれいになるのです。きっと。

12 人間相手じゃだめですよ

堅物の祖父

年末が近づいてクリスマスが来ると思い出すのが讃美歌です。讃美歌にもいろいろあり「慈しみ深く……」と言うおなじみのものや、その他聴き覚えのあるメロディなど、たいていはなんとも心やすまるものが多いのです。尺八名人の森丹山《たんざん》さんというお坊さんが尺八で演奏してくださる讃美歌はとてもいいものです。娘の結婚の時に尺八で吹いてくださった結婚の讃美歌は今でも忘れられません。

そこで、『ぴっぱら』誌の編集の吉水さんに「仏教にも讃美歌のようなものがありますか」と間抜けな質問してしまいました。この方は声楽家でもあるのです。そうしたらビックリです。何種類かあるのですね。宗派によってはたくさんあるもののようです。

ぼくの祖父は大正時代に単身アメリカに渡って「理科教育」を日本に導入した人物です。もともと「地質鉱物」の専門家ですから石頭の真面目一本槍の祖父はアメリカでキリスト教に出会ってクリスチャンになって帰って来たのです。それでますますものすごく堅物になったのです。

正月になっても、寒い廊下を寝間着の腰ひもに手ぬぐいをぶら下げて歩きながら「讃美歌」を口ずさんでいたのを、幼かったぼくは「優しいのにコワそうなじいさんだなあ」と思って見ていました。「研究室」という場所があって、そこに入るのは少し勇気が必要でした。石の標本などがゴロゴロとあったのです。

祖父は明治三年生まれですから、まだ江戸時代のようなしゃきっとした筋の通った人だったのでしょうね。泣き虫の末っ子だった僕はよく「武士の子は泣くもんじゃありません」なんて言われて、内心（ウチって武士だったっけ？）なんて思っていました。祖母は鹿児島の家老の娘だったと聞いていたけど、父方は奈良の豪族だったようなことを聞いていました。まあそういう経緯はともかく、この堅物じいさんが「人間相手じゃだめですよ」と言うものですから「じゃあ何を相手にすればいいんだろう? 石でも相手に生きろってことかなあ」なんて思っていたのです。

宗教オンチの原因

ぼくの宗教オンチの原因は祖父と父から蒔かれた種だろうと思います。祖父はクリスチャンになり、父は人生に悩んだ挙句「南無阿弥陀仏」に出会い、その後は仏教の方へと気が向いてしまったのです。もともと父はギャンブルや勝負ごとに引っかかってしまう質だったのでしょう。旧制浦和高校から東京帝大の法科に進んだ人にしては、自分を「道徳オンチ」と自称していました。それでたぶんキリスト教徒の祖父と父は激突していたのでしょうね。父は早くに母親を亡くしたさみしさから反抗したとも言っていました。おそらく「救われたい」と言う心持は祖父も父も同じだったのでしょう。

てなわけで、ぼくはすっかり「宗教オンチ」になってしまったわけです。廊下を奥に進むと右の部屋にキリストさま、左の部屋にお釈迦さまと言った具合です。子どものころから讃美歌とお経で育ってしまったのです。正坐会や坐禅会があり、中学生のころには教会に行ったりしてみました。それでぼくはいまだに「救われないまま」になってしまったのです。

「宗教的生活」を実践したいのに自分の頭は何教なのかわからないのです。そこで仕方ないので「宗教の役割」に人生の意味を求めてみました。「もういいや。何教だって……」そんな心境でした。

不良や不登校の子どもたちを預からせてもらって一緒に全真堂で坐り、お経を読んで「朝の話」をしたり「答えのない宿題の時間」をやっているうちに、やっとだんだんと「お釈迦さまが伝えようとしたことはこんなことだったのかなあ」と少しだけ受け取れるような気がしてきたのです。決して解ったわけではありません。それでも「人間相手じゃだめですよ」と言う言葉の重みは少し受けとれてきたような気がしてきました。

ぼくの所に来る若者や子どもたちはそもそもが学校や社会という所には行きにく

い（生きにくい）感じを受けているわけですから、そこから見えてくる「苦」の本体は「人間事」なのです。人間社会はとても厄介なところで、様々な生きにくさを含んでいるのです。どうにも救われない気がしてしまいます。「人間相手」ではない所に出ていけるように導く人が必要なのです。

神さんが見てなさる

祖父のもうひとつの決め台詞は何かにつけて「カミサンガミテナサル」と言うものです。どんな時にそう言っていたのか忘れてしまいましたが、よくそう言っていました。

それはよく考えるとクリスチャンだから「神さま」なのですね。だから「神さまが見てなさる」とちょっと関西弁で言っていたのです。そういえば、「ワシャ　セワシイ」とも言って忙しがっていました。そんなに忙しいわけないのに、赤い紐の付いたルーペで、英語の辞書を見て赤鉛筆でしるしをしたりしてよく勉強していました。でも次の瞬間には廊下の籐《とう》の椅子で居眠りこいていました。そして目が覚めると「カミサンガミテナサル」と言っているのです。

神さまは何を見ているのだろう？とぼくは大人になってからはなはだ疑問になりました。それに加えて仏さまって何なんだろう？　神さまや仏さまはどこで何を監視しているのやら……？　そういえば最近は車にカーナビってやつがついていて「あと七〇〇メートルで曲がれ」なんてこと言うから、どこかで見張っているのだろうと思うのですが、あれに似ている感じの疑問だったのです。

「カミサン」はどうやら、自分の行動や世の中のことをすべてお見通しで、そして仏さまは自分の心の奥深くに存在していて、この世の全てを正しい方へ導く力を持っている存在なのだと少しずつ受けとれて来ました。

「カミサンガミテナサル」とは良いことも悪いことも、ずるいこともバカなことも、愚かな行いも、困ったことも、苦しいことも楽しいことも、ちゃんと見ていてくださるってことだから安心していいよ、ということなのですね。そこで、「人間相手じゃだめですよ」と言われると「ぼくは何を相手に生きればいいの」という問いの答えが少しずつ受けとれて来たのです。

ぼくらにはちゃんと生まれついて具わっているものが（表面的にあるのではなく

て）ちょっとだけ奥にしまわれているのだから、そこにちゃんと気づいて、それを活かしていく道を示してくれる仏さまに従っていれば、もっと「あんしん」と言うわけなのです。

人間て「本物の人間」になるまでには醜《みにく》かったり邪《よこしま》だったりして、そこに従ってしまえば地獄の苦しみを経験するけれども、「人間相手」じゃあなければ仏さまはきっといいところに導いてくださるのですね。それでぼくも毎朝お釈迦さまにお参りしているのです。

13 欲望の2コース

うまく生きるコース

今朝も畑の端っこで丹沢の山々に向かって立ち小便をしました。もよおしながら山々の上の空を眺めると、真っ青の空の中を飛行機がはるか遠くを目指して飛んでいきます。

「フーウッー」と息が抜けて行く「しあわせ」を感じます。

空と風と山と立ち小便――この調和は今のこのぼくにしか味わえない「しあわせ」です。「この山にいてよかった」と思う瞬間です。誰もいないこの山と畑と空がなければとても味わうことなどできませんから……。

「欲望」と言えば、ぼくは他人のことはあまりよく知らないので、自分のことを掘り下げて語ることになります。子どもたちとときどきしている「自分を語る」というようなことになってしまいますが——。

ぼくの「欲望」には2コースがあって、第一のコースが「うまく生きてやろう」というコースです。そして第二のコースは「よく生きてみましょう」というコースなのです。よく考えると若いうちは第一コースばかりの時を過ごし、年齢とともに段々と第二コースの味わいも増えてきたかな、といった感じです。

それで、第一コースの「うまく生きてやろう」ですが、これはほとんど「世俗欲」というものです。本能から出てくる「食欲」「性欲」も無関係ではありません。そこから派生する諸々の欲望が存在するのです。たとえば「他人に勝ちたい欲」から出てくる願望は「地位」「名声」「権勢」「支配」などの欲望になって複雑に絡み合って行動を決めていき、人相にも表れて来ます。「かっこよく見られたい」「強くなりたい」「有名になりたい」などは「偉くなりたい欲」でしょうか？「偉くなる、または偉く見せたい」願望も顔や態度によく出てきてしまうものです。それどころか服装や髪形や装飾品にも表現されたり、車を選ぶときの基準になったりします。

「食欲」「性欲」の基本的欲望は刺激の仕方によっては、人をダメにしてしまう要素がたくさん含まれています。だからこそ様々な作法や決まりごとでコントロールしようと試みます。ところが人間の頭の中はそうは簡単に「欲望のコントロール」ができるようにはなっていないのです。

「うまいモノを食いたい」と思うことは年がら年中です。でも、うまいものを食ってどれほどの満足が得られるかというと、必ずしも「うまい」ものの中身が食い物ではなく、他の条件ということが多いのです。人間の欲望は本当に一筋縄ではいかないものです。空腹を満たすだけで十分なはずなのに——。

「気持ちいいことしたい」という欲求も性欲に限りません。マッサージだって旅行だって繰り返しやりたくなっちゃいますから。

満足の質

繰り返し欲求が起きてくる「欲望」や、自分を大きくしていきたい欲求が起きてくる「欲望」は、いつ満足の終点に行き着くのでしょうか。求めても、求めても、繰り返し欲しくなってしまう満足を「小満足」と言っているのですね。

この「小満足」の仕組みを使って上手に商売しているものはたくさんあります。欲望を刺激して次から次へと続きが欲しくなるようにします。子どもたちがはまる「マンガ」「ゲーム」……そこにギャンブル的な射幸心《しゃこうしん》をつけ加えれば、もう際限無く欲しがるわけです。ある種の宗教と呼ばれるものにも、この手を使って拡めているものがあります。もちろん本当の宗教ではありませんが。

「依存」という不思議な心理も複雑に「欲望」のコントロールに原因があると思うのです。セックス依存、ギャンブル依存、万引き、過食拒食、母子共依存……。

本心は何をしたいのか？と問いかけたくなります。ぼくの場合は心の空虚感を埋めたいというものがありました。心の空虚感を埋めるのに使う「小満足」は深みにはまるとても危険な代物なのです。

「欲望」は例外なく「満足」を求めています。その「満足」は実は「あんしん」が正体なのです。ですからこれは「小満足」ではなく、「大満足」という「大安心」でなければならないのです。

さっきも、ぼくの目の前にひと組の母子が来ていました。「引きこもり」の相談なのですが、母子共依存の典型みたいなもんです。

二十代の男に、母親はご飯、お風呂、歯磨き何でも指示します。挙句の果てに、寒いからって湯たんぽ入れてあげて「お願いだからゲームばかりするのをやめて、バイトでいいから働いて」なんて言っているのです。言われている息子の方は「ウルセー」と言いながら、お母さんと一緒に車で出かけるのをとっても喜んだりしているのです。この二人、本心は何をしたいのか?と問いかけたいけど、ぼくの心の中では「ウッヘー！」と叫んでいるだけなのです。

欲望の方向は「大満足」「大安心」でなければならない、とぼくは言っているのです。

よく生きるコース

第二のコースは「よく生きてみましょう」というコースです。

こっちのコースは「自己拡大の欲」から「自他共存の欲」へと次元が高くなって行くコースです。出発点は「隣の人も喜んでいなければ自分も喜べない」というようなものです。言い換えれば、少し「おとな（真人《しんじん》）」になって行くということです。

「欲望」の質が「自己中心」から「自他共存」へと変化し少し成長していくと欲望の次元が高級になって行き、究極の満足は大安心にあると分かります。最後に行きつくのは自分の欲を捨て去るというところに行きつくのでしょう。それを「無欲」と言って「無欲になりたい欲」ということになります。

実は、そこまで欲張ってはいけないのです。「食欲」「性欲」「地位名声欲」だって大いに生きる意欲と直結しているのですから大切といえば大切です。

「物欲、金銭欲」も特殊な欲望です。これに振り回されては事業も商売も結果としてうまくは回って行きません。大切なことです。

こういう「低次元欲望」もありながら、邪魔にならずに活かしていけるのが「よく生きてみましょう」という第二のコースの道です。「自他《じた》共存」さらには「自他不二《ふに》」の道です。要するに損か得かなどを超えた本当の智慧に生きるということです。

前に書いた「三つの鍵」――ケチな根性はいけない。イヤなことはさけないで。ヨイことはする――これが第二コースの実践です。

山の畑で空を見上げながら、「ぼくの欲望はどうなっちゃってるんだろう」と、立ち小便をしているのです。

第三章

隙間の居心地

14

すきまの居心地

知ったかぶり

どうやらここは宇宙というところらしい……のです。

宇宙の謎はだいぶ解けているようなのです。「変な」と言っちゃあ失礼ですけど、広々とした宇宙に変なものを飛ばしていろいろ探っています。地球の起源だとか生命の秘密とかを。そんなものにお金と時間を費やしているのには何か別のメリットがあるのでしょうね。それが何なのかはどうやらぼくらは知らなくてもいいことのようです。

戦争という、人類のもっとも愚かな行為や営みのために、どれだけ科学技術を進歩させ駆使してきたことか、またそれで人の命をどれだけ無駄にしてきたか、あきれ返るほどです。宇宙では人工衛星を攻撃して撃ち落とす技術まで開発しているなんてことも聞きました。

これは人間の「知ったかぶり」からくる大きな間違いなんじゃあないでしょうか。何も知らないくせに宇宙の成り立ちや生命の起源とかを知っているようなふりをするからいけないのです。「なぜ、こんな不思議があるのだろう」と謙虚に受けとめていけばいいのに。人間の頭の理解ではとうていおよびもつかない不思議があるってことを、素直に受けとめればいいのに。本当は「いのちの世界」という絶対の「智慧の世界」に生きる努力をすればいいのに。そうわかった先人たちがいて「宗教」という桁違いの安定感を得たのですね、きっと。でもそれは、見えない仕切りの扉の向こうのように感ずるので、ウッカリ見すごしていっている人が大多数なのでしょう。悲しいけれど、「宗教」を「道徳」と間違えたり、ご都合のいいお祈り屋さんや拝み屋さんや占い師に変身したりしているのです。まあ、それも時には大事なのでしょうけど。

駅のすき間で

　名古屋の金山駅という所から電車に乗ろうとして地下道を歩いて行くと、自動販売機のすき間で何やら動くものが見えました。「アレッ?」と思って見直してみると、そこにはオジサンがうずくまっていました。通称ホームレスさんです。

「あら、こんな所に住んでいる人がいるんだなあ」と感心してしまいました。

「なんか居心地がよさそうだなあ」と思いましたが、きっと、夜はだれかに見つかっておいだされるんだろうなと、ちょっと心配になりました。

　ぼくは子どものころから机と壁の間の狭い空間が好きで、そこにすっぽり収まっているとまことに居心地がよかったのです。すき間の居心地の良さを子どものころから味わっていたので、ホームレスのオジサンはいいところを見つけたなあと思ったわけです。目の前をたくさんの人が行き来しているこの雑踏の中で、ひっそりとこのすき間に収まって「別世界」を発見しているのでしょう。

「世間の人はどこを見ているのだろう。忙しそうに先を争って、何やら確信を得ているつもりで、自分は何でも知っているんだぞと言わんばかりに……。こんな居心地のいいすき間があるということに気がつかないのだ」と、思っているかどうかは分りませんが、「別世界」を知らなきゃあこのすき間を発見するわけはありません。

ハエやゴキブリやネズミもすき間は大好きです。叩こうとすれば必ずすき間に逃げ込むのです。安全だと分っているのですね。

産業のすき間で

世の中には頭のいい人もいるようで、人の思いつかないようなすき間で儲け仕事をしている人もいるらしいのです。すき間産業と言うらしいですね。そっち方面のことはぼくの専門外ですから、どんな商売をすき間産業と言うのかはよくわかりません。

一方で、ちょっと思いあたるのが「不安産業」です。人の不安につけこんでお金儲けをしたりするあれです。たいていは盛大に組織化して信者を集めている宗教や、それまがいのものや、世のため人のためと言って「相談料」なんてものをたくさんとって、まことしやかに人をコントロールして不幸に導いている組織や、自信たっぷりに健康指導なんかして、具合が悪くなると「やり方が悪い」なんて言って、人のせいにしている組織なんかもいくつもあって、どれもみな不安産業みたいな気もします。こういうのは、すき間というより裏産業みたいな気もしますね。たいていは組織を作ってその組織拡大を最優先しているので、そういうのは怪しいと思った方がいいでしょうね。自分勝手な自己中心的な人がやっているのでしょうから。

世の中のすき間に安住する

子どものころから好きだったすき間というのは、単に狭い空間というだけではありません。物と物の間の使い道のない空間と言った方がいいかもしれません。

具体的に言うと、子どもがかくれんぼの時に入りたくなるようなところという感じですね。隠れているうちにトイレに行きたくなったりするあのすき間です。位牌堂の端っこに隠れていると、早く見つけてほしいような、見つかりたくないような、不思議な心境になるすき間です。机の下、箪笥《たんす》の蔭、生垣の間、カーテンの裏などなど、とにかく役に立っているメインの表向きの存在ではないけれど、ないわけにはいかないちょっと味わいのある「別世界」です。

よく考えるとぼくは、よほどこの「別世界」のすき間が好きだったようです。決定的に目立ってしまうような表面に出ることは避けてきたのですから。

大学を出てからも、就職もしないで右へ行ったり左へ寄ったりウロウロしていました。そうしているうちに、とうとう人生に行き詰まってしまい煮詰まりました。「こりゃあマズイや」と思ったころには後の祭りです。職業なし、肩書なし、資格なし、地位名声なし、財産なし。見事に世間で言う「しあわせの基準」は何もなしです。おまけに短足で抜群に記憶力なしと来ているのですから、計画的に人生設計をする能力もなく、それでもなお「できることは何だろう」とも考えもしませんでした……。結局、今から考えると居心地のいい世間のすき間に暮らしてきたのでした。肩書きや資格で生きるのではない、すき間で生きるとなると、毎日の自分の生活を淡々と深めて「自分」に向き合って生きて行くしかありません。とても面白い場所です。

野良猫の脳は、飼い猫の脳より発達しているという話を聞いたことがあります。あれはきっと、発達してる場所が違うということでしょう。ですから、世間のすき間に生きるぼくらは、きっと目のつけどころや考え方もどこか違ってしまって「変な人」にならざるを得ないのです。

見つからないようにしているのに、だれかに見つけてほしい。声をかけてほしくないのに、人の声が聞きたい。こんな道を歩みながら世間のすき間の居心地は世捨て人やホームレスともちょっと違って味わい深いものがあるのです。

「別世界」ですから。

この大宇宙にいて、宇宙の本体も知らずに生きる。知ったかぶりせずに、日々「自分」に向きあいながら、この宇宙の端っこのすき間で、「今、ここ」を生き、山の風に吹かれて安住できるというのは、この上なく居心地がいいのです。

そんなとき、「欲望が枯れちゃったら」どんなことになるのだろうと、ふと、考えるのです。

15 欲が枯れたら

何を考えてるの？

なんの専門家でもないぼくが、こうして世の中のすき間で生きていられるのも不思議だけど、一生なんの働きもしないで生きていられるのも不思議で、ときどき「先生は何で食べているんですか？」と尋ねられるので、仕方なしに「カスミです」と答えるようにしています。質問してくださった方も「何言ってんだ？」と思うでしょうね。さらに「先生は何を考えているのですか？」と、失礼なことを質問する人もときどきいるので、そういう人には、それは「人生の意味です。寝ても醒めてもね」と即座に答えるようにしています。仕事もしねえヤツが「なにが人生の意味だ」などと叱られそうですが——。

教師でもない、牧師でもない、お坊さんでもない、学者でもない、社長でも社員でもない、相撲取りでもプロレスラーでも歌手でもない。なのに、人はぼくを「先生」なんて呼んでくれる……。われに返ると恥ずかしいことこの上ないです。

友人に学校の教師をしていたものがいて、そいつに「オイ」って言ったら「先生と呼べ」と言われ、坊さんをしている友人に「坊主」って言ったら「お坊さまと言え」と言われてしまいました。なるほど……そうだよな。ぼくのように何の肩書もなく、知識もないモノに気安く言われたくないよな。ぼくはいったい何を考えて生きて来たんだろう。

老人になると

ぼくは五十歳のころから「これ以上歳をとったらどんなことになるのだろう?」と空想していました。老後は子どもや若者たちとの共同生活もしていないだろうし、六十を過ぎたらもう命も惜しくないだろうからまたタバコを好きなだけ吸おうとか、家内とワゴン車に荷物を積み込んで北海道をドライブしようとか思っていたのです。

ところが一方で、欲も枯れて行くんだろうなと想像して、空想物語『老話』なんか書いていたのです。

欲が枯れたらどうなるんだろう?

金銭欲も名誉欲もなくなって、老後はきっと穏やかで楽しい生活が待っているんだろうなと空想してみたのです。ところが現実はそうはいきません。まず何より体力は落ちても「欲はそう簡単には枯れそうにない」のでした。

九月に「老人の日」というのがあります。誰が決めたのか、最近は「敬老の日」と言います。どうでもいいのですが、世間常識で「老人」は誰のことで、どんな人のことを言うのでしょうか。欲が枯れたようにみえる人のことを言うのでしょうか?年齢で区切ればぼくも立派にその仲間です。でも、今でも山の中をバイクで走り、急カーブも四十キロ以下に落とさずにバイクを傾けて曲がり切るという走りを楽しんでいるのですから、少々ダメでも「自分は老人だ」と認識していない証拠です。

ところが、食欲、性欲、運動欲などは少しずつ枯れはじめているかな……？

性欲こそ　生きている

奥さんに早く先立たれた吉蔵さんが、九十歳を過ぎたころ「そば食いに行こう」と誘って下さったのでお伴しました。鴨南蛮《かもなんばん》が来るまでの間に吉蔵さんが言ったのは、「おれ、最近ある集まりに行ってんだけどよ。女の人が何人も来てんだよ。女の人っていいよなあ」と嬉しそうなのです。「なんだか話もおもしれえしよ。元気も出んだよ」と。

奥さんがお元気だったころは奥さんのことをクソ味噌に言っていたのに、病気で亡くなった後は長いことションボリしていたので、何とか励ましたいと思っていたけど、なんと言うことはない、こんなことで元気ピンピンになっちゃってるのです。

他にもいますよ。趣味のサークルで知り合ったおばあさんとホテルに行っちゃったというおじいさんが……。なんであのおじいさんにそんな元気が残ってたんだろう。八十をとっくに過ぎていたのです。おじいさんに付き合ったおばあさんてどんな人だったんだろう？　なんて余計なことを考えちゃいました。それはともかく、事実こうして行動の動機づけになっている「性欲」は、いくつになっても生きてるっていう、証拠なのです。

もうじき百歳になるぼくの母も、まだ色気たっぷりで、普段は歩けないふりをしていますが、介護の係りの人が若いイケメンのお兄さんになったとたんに車椅子から立って歩いたのです。（転んで顔にあざを作りましたけど）

「なーんだ、性欲って枯れないじゃん」と思ったら、ぼくもやたらと安心しました。名古屋のお寺にお話しに行った時にお聞きしたのですが、お爺さんの入れ歯が見当たらなくなったと思ったら、おばあさんの口の中から出て来たというのです。「お互いに入れ歯になっても仲良くしている証拠だわあ……」なんて、元気のいいお話です。

人生の意味

ぼくは「人生の意味」を寝ても醒めても考えてきてよかったと思います。

普通の人って、もしかしたらセックスってのは、してるだけで終わりなのかもしれませんが、ぼくは「なんでこんなことをしたくなるんだろう?」と考えていたのです。そんなことを考えていたら楽しくなさそうですが、それがそんなに楽しくなくもないのです。(どっちなんだか)いろいろ応用が効くのです。なぜ人間は寝なきゃあいけないのか? 食べる意味とは何か? 動かないと心も体もスッキリしない証拠は何か?とかです。

「性欲」が行動の動機になっているように、「欲望」と言うのはとても大事な「生命活動」であることがわかります。ところが、その「欲望」には種類やランクがあり、それの発揮の仕方によっては生きる方向が違ってしまう、という代物なのです。ですから、欲は死ぬまで枯れないのです。「欲が枯れたらどんなに穏やかに楽しく暮らせるだろう」と思っていたのは間違いだったのです。老人と言えども欲は枯れません。だからこそ、楽しい人生を心がけたいのです。

今は、昔の友人のほとんどが、ぼくと同じように働かないで生きてゆく境遇になっているので、人生の意味を金もうけや、地位や、名声のことなど考えずにすむようになって、今頃になって「もっと早くおまえの話を聞いておけばよかった」なんて言うようになっているのです。

欲は枯れずに変質して行ってるのです。「ウマく生きてやろう」から「よく生きよう」というようにです。

また「食欲」は「性欲」より日常的で、食欲があってもなくても食べるので、食べ過ぎて体調を悪くしたり、「欲望」の大切な役割を壊したり、否定したり、阻害したりしていくことがあるのです。老いてなお「うまいものを食いたい」とは思うのですが、その「うまいもの」の中身がなんだか分からなくなって行くのです。

先日もぼくと同世代のお坊さんをしている友人と話していたら「シンプルな干物の定食みたいなのが一番うめえ」と言うので、ぼくも「平和断食の後のおかゆに梅干しがうまいんだ」と言いました。「食欲」も枯れないのです。すこし少なめにしてゆっくり味わえば、最高のごちそうは空腹だと言われるように、また「空腹」が来て、それが行動の動機になること間違いなしです。

そのうち気が向いたらまた少し「人間ならだれにも洩れなくついてくる『欲望』の取り扱い」についてのお話を書こうかなと思います。その前に、「人生の当りハズレ」はあるのかなんて考えてしまいます。

16 当りハズレのない人生

山の動物たちはハズさない

山に住んでいるとぼくと動物たちとの攻防戦がときどきあって、なんだか楽しくなるような、どこまでが本当かというような話もたびたびあるのです。

たとえば、アナグマ（通称ムジナ）が引き戸を開けて、その奥の半開きのドアーを押して食堂に侵入して食パンの入った袋を持って逃げようとしたのですが、帰りに食パンの袋がドアーに引っかかって、アナグマが食パン袋を引っ張れば引っ張るほど、ドアーは締まってしまい、とうとうあきらめて食パン袋をドアーに挟んだまま山に帰って行ったのです。

後日、このアナグマは箱ワナにかかってしまい、貪欲なアナグマ人生を終えてぼくらの胃袋に入ってしまいました。実は、ムジナは昔から山の動物の中ではおいしい部類に入っているのです。

ある日の朝、鶏小屋が大騒ぎになっていたので見に行ってみると、すでにシーンと静かになっていました。「変だなあ」と思って小屋の中をよくよく見ると、なんと止まり木に並んでいるニワトリたちの中に一つ変なのがチャッカリといるじゃありませんか。ムムッ?と、目が合ったとたんに「バレたか」とばかりに止まり木から飛び降りて一目散に逃げ出そうと小屋の中で大暴れ。とうとう金網の破れ目からタヌキが逃げ出していきました。タヌキが人を化かすのは本当なんだとその時はじめて認識したわけです。

前の晩にうっかり全真堂の入口の戸を閉め忘れてしまいました。

次の朝いつものように起き抜けに全真堂に行くと、まだ薄暗い外からさらに暗いお堂の中を見ると誰かがすでに座ってるじゃありませんか。誰だろう? 二段の上り口を上がると、サーッと立ち上がって飛び出してきました。「キツネ」です。長い尻尾を真っ直ぐに伸ばして竹やぶの方へ駈け込んで行きました。ものすごく信仰心の篤いキツネの存在は物語の世界では知っていたのですが…。山には居心地のいいすき間がたくさんあります。

夏には鶏小屋の卵を産む箱に青大将が入っていることはたびたびあることです。卵をとりに行く子どもたちには悩みの種ですが、蛇にとっても卵はごちそうのようで命がけで呑みこみに来るのです。たいていは若いお兄さんに尻尾をつかまれて振り回され、時には呑みかけの卵を吐きださせられたりして、袋に入れて遠くの河原に捨てられてしまうのです。

青大将が家の中に入って来ることはめったにありませんが、ある日の夕方、玄関を入って少し奥へ行くと卵を保管しておく所があって、そこで何やらズーッと怪しげな音がしています。よく見るとご太い青大将が侵入していたのです。

こういう時はぼくより家内の方が肝が据わっていて、ぼくがアタフタと捕獲の算段をしているうちに、さっさと捕まえて袋の中に放り込んでいました。ぼくはと言えば「どうして家の中に入って来たんだろう」とどぎまぎしながら言っているのですが、家内は「卵食べに来たんでしょ」といとも平然と言ってのけるのです。山にいる動物たちはシカやイノシシも含め、生きることにまっしぐらで、人間のように生きる道をはずして悩むことはありません。

予想や予報

ハズすと言えば人間界には天気予報や競輪などの予想屋というハズし屋がいます。ぼくは昔若い頃には熱心にマージャンやパチンコをやりました。他にやることが見つからないので「当ったりハズしたりのスリルが楽しい」なんて思っていたのでしょう。何となく「当りハズレ」に引きずられていたのです。

これから先の人生をどう考えて生きて行くかも「ほとんどギャンブルでしかない」と思っていて、まさか他に確かな道があるとは思いもつかなかったのです。当ったりハズしたりして生きて行くしかない。明日のことはなにひとつわからないのだから、当ってもハズしても天気予報程度のことでしかない……。そんなことを思っていたものです。結局やっていたことは「いいかげんな遊び」なのでした。

天気予報が悪いって言ってるんじゃありません。動物たちのように、余計な打算はせず、まっしぐらに生き、当りもハズレもない人生ってもんがなぜできないんだろうと思ったのです。

人間は、なぜ大事なところだけハズすのか

トラブルを抱えた子どもたちやその親たちをたくさん見てきて思うのは、かつてのぼくのように「大事なところだけハズしてる人生」をやっている人がとっても多いということです。

なぜそうなるのかの一番の原因は「損得の計算違い」だろうと思うのです。利害得失の計算方法が表面的なモノにこだわってしまえば「人生はギャンブルだ」というようなものになってしまいます。親は子どもに取引や交換条件ばかり教えて、幸不幸の判断基準を間違えてしまうのです。

「何とかしてウマいことしてやろう」

と思えば、せこい手を使ってでも当ててやろうとするからハズすのです。的を外さないように生きるのには「ウマいことはない」という、本当のことを知ることで

す。

人間の浅知恵でも人生の大半はやっていけるのでしょうけど、ちょっとした所で困ってしまい、それが人生全体に影響するのです。

自己中心的な「ウマい手」を求めていけば喧嘩や戦争だって起こしてしまいます。「ウマそうに見えても決してウマい手なんかない」のです。そうして子どものためと思ってやってきたことが実はハズレだったなんていう間違いをしてしまうのです。

当りハズレのない人生

「神や仏はあなたにとって一番良いことを与えてくれている」ということを、人間の浅知恵ではなかなか受け取ることができません。だからインチキなご利益宗教がもうかるのです。動物たちはきっともっと大きな知恵に活かされているのです。どんなことがわが身に起こっても、与えられたものをそのまま受け取って生き切っているのでしょう。まっしぐらに。

人生に「当り」「ハズレ」なんてことはないのです。苦しいことも、辛いことも、ダメな自分も、ドジな自分も、惨めな出来事も、儲け話も、棚からぼた餅も、失敗しても成功してもそれはそれで「あなたにとって一番良いこと」であって「当りハズレ」ではないのです。「そう言ってもあなただって、喜んだり悲しんだりしてるじゃありませんか」と問われますが、そりゃあ喜びもするし悲しみもします。ガッカリもします。でも「人生には当りハズレはない」という確かな道があるってことを知ってからは「当りハズレのある人生」にはならないのです。まるで、タヌキやキツネやアナグマと同じく「まっしぐらにわが人生」です。山は、いろいろなことを教えてくれます。

17 山の教え

谷底から

テレビを見ていると、たまに「何でこんな所に住んでいるんだろう」と言いたくなるような所に住んでいる人が映ったりします。たとえば人里離れた小島とか……。

先日も、ものすごい山の中の何もないような所に住む人々の生活ぶりが映っていました。思わず「スゲェーところに住んでいるね」と言ったら、隣りで見ていた家内が「ウチだってあまり変わらないでしょ」と言いました。

「よその人が見たら、どうしてこんな山奥に住んでいるんだろう」って思うに決まっているほどの人里離れた山の上なのですから。

決してシャバを捨てたわけではありません。ただ、この山の上から眺める山また山の景色が素晴しいのです。谷底から聴こえてくる渓声《けいせい》や湧き上がってくる叢雲《むらくも》の美しさは、毎日毎日見ていても、毎晩毎晩聴いていていても、とても心のやすまるものなのです。

ぼくらは雲上人《うんじょうびと》だし貴族のような暮らしをしているわけです。…と言ってもわが家が雲の上になっている時があったり、谷底を流れる「皆瀬川の上流」に住んでいるから「上流家庭」と言っているだけで、生活レベルはいつまでたっても谷底のままです。こんな生活は都会に居たらとても味わえるものではありません。

こころの四季

ぼくは「山の教え」というものがあると思っています。それはきっと、お釈迦さまが説かれたことなのだと思っています。

こんな足柄山のハシッコで何がわかるのか！　そう言われりゃあそうですが。嵐が来た時の自然の厳しさは泣きたくなるような緊張感があります。決して人工物で守られているような「安全」はどこにもありません。この三十数年間に幾度となくボコボコにされたと感ずるような災害にも遭《あ》いました。でも、その原因は、たいがい「人工的な手の入った自然」であることが多かったのです。風や水や、日の光は自然の恵みであるのと同時に逆らうことのできない脅威でもあります。なるべくそれに柔順に生きることを学びました。

さらに、この厳しい山にいて作物を作り、収穫することはとっても大変なことです。鹿や猪にとってもここは厳しい生存環境なのですから、人間が生産しているものであろうと、そこにあれば食べたくなってしまうのです。

そこで、人間さまも負けてはいられないのでワナを仕掛けて捕獲してしまいます。そこに大きな問題がドーンと生じます。「殺生」です。どんなに割り切ろうにも割り切れないし、どんなにゆるしを得ようとしてもとうてい無理なのです。人はみな「殺生《せっしょう》」の上に生きているのですが……とても重い問題です。

晴天の日もあれば嵐の日もあり心は一定ではありません。なのに、毎日毎日「今日が一番美しい」と思うのはなぜなのでしょう。山の中は美しくない日はないということでしょうか、いやそうではないのです。「今日が一番美しい」と感ずるのは「昨日と比べて」というのではないのです。理屈っぽく言えば昨日も一番、今日も一番で、二番三番はないのです。山にいて気づきました。

それでも、秋の紅葉や春先の新緑など「ワァー　きれいだなあ」と声の出るほど美しい時があります。農作業を終えて見る「山をつつむ夕焼け」なんかは一人きりで見ているのがもったいないほどです。もちろん、都会にいても四季の美しさはあるのですけど——。

山を掃く

こうしてみると、山で出会う「こころの四季」は言葉では言い表わせないことばかりです。無防備で生きながら、風通しよく体で丸ごと感じて生きていくしかないのです。

先日も台風がたてつづけに二つ襲って来ました。暗いうちはジッと耐えて夜明けを待つのがこういうときの常です。

夜が明けてみたら、杉の大木が鶏小屋の屋根に倒れかかり、道は崩れて土砂に埋まり、小さな枝が吹き飛ばされて山道に分厚く積み重なっています。これを片づけるのには一週間もかかるだろうな……。実際、なんとか片付けられたのは六日後でした。そこへまた次の嵐が来たのです。せっかくきれいに掃いたのに……。こういう時に頭の中にふと浮かぶ言葉は「何のために?」という山暮らしへの疑問です。それで思い出しました。この三十年間やって来たことは「山を掃く」ということに他ならないのです。

全真堂のすぐ下に樹齢二百年ものケヤキの大木があります。秋には毎日毎日大量の落葉が散ってきます。それを毎朝掃きます。掃いたそばからまた葉は舞い落ちて来ます。そこの掃除係となった若い人は「毎日掃いても、またすぐ散って来るのであそこはやらなくたっていいんじゃないですか」と言ってきます。時には「なんのために掃除するんですか、誰も見ていないのに」なんて言ってくる若者もいます。それでも「山を掃く」のです。こんな山の中ですから誰も見ていてくれないし誰にもほめられもしません。「お客さんが来るから」とか「おこづかいがもらえるから」とか積極的な理由でもあればいいのですが、そんな理由は一切ないのです。ただ、ただ掃く、掃いたそばから落ち葉が散ってくるので、また次の日も掃きます。冬にはその落ち葉もなくなって、掃かなきゃならないものもなく、掃いた竹ボウキの先に霜柱がめくれます。「無意味だろう、そんなこと」とつい思ってしまいます。ある日若者は「オレは何でこんな所でこんなことをしているんだろう」って思うのです。ぼくもまったく同じです。来る日も来る日も「何でこんなことしているんだろう」と脳裏をよぎるのです。

ごほうび

昔、スポーツ選手だったか「自分をほめてあげたい」とか言ったような記憶があります。あれから「自分へのごほうび」なんて言い方が存在するようになったんじゃないでしょうか。昔からあったのかなあ、こんな言い方……少なくともわが家では聞いたことがなかったので、ものすごい違和感を感じました。「ほめられる」「ごほうびをもらえる」ということが人生の目的だとしたら、誰かから「エライ」と認められなきゃやってられねぇやッ！てことになってしまいます。山の中にはそういう相手がいないのです。「自分きり」しかいないのです。その「自分きり」を生きていくしか道はありません。一所懸命やったからどこかへ行けるのでしょうか。熱心にやったからといってその見返りは賞品や賞金や名誉や名声などになってはくれないのです。人生のしあわせはそんな所にはないってことを、山は教えてくれるのです。

地位も名声も肩書きもないぼくの言うことですからあやしいものですが、山はそういう者にもちゃんと教えてくれています。

18

うそつき名人

自由席

わが家の犬たちはなかなかのしたたか者たちです。時には「死んだふり」なんかして知らん顔して人の呼ぶ声に反応もしないで、無視を決め込んでいることがあります。「ハハーン、ゆうべはハクビシンを追ったり鹿に吠えついたりして疲れているから、昼間っからぼくに付き合ってなんかいられないんだな」と、勝手に想像しているのですが本当はどうなのでしょうか。

先日、神戸へ行くのに、その前日に切符の確認をしてみたら、なんと一枚きりしか見当たらないのです。いつもは乗車券、特急券、指定券と二枚か三枚なのにたったの一枚です。いつも、事務所の人に用意してもらうので安心していたのです。

変だなと思ってようく確認したら一枚で「自由席特急乗車券」なのです。気がついたのは前日だし、こんなことを今さら言ったら、事務所の人に迷惑がかかるから、次の日の早朝、その切符のまま新幹線に乗りこみました。

これがなんと、いつもと違ってとても楽しく快適に神戸まで行けてしまったのです。「新幹線は自由席に限る」と勝手に結論づけて、帰りも（これは指定券が用意されていたのですが）行き当りバッタリの楽しい自由席に乗り継いで帰ってきてしまいました。

どのように乗り継いで行って、どのように乗り継いで帰って来たのか、そんなことはどうでもいいのです。要するにポイントは「心のしばり」がなく、そこに来た電車に乗ればいいという自由さが楽しかったのです。

もともと、ぼくは対人恐怖や乗り物恐怖の傾向のある嫌な性格で、緊張してしまって長年一人で電車に乗ることができないという「しばり」があって、ずっと身構えつづけていたから、思いがけない「自由席」の旅はほんとうに自由そのものでした。電車に乗ることに何の不安も緊張もしない人にとっては笑い話でしょうね。

今さらにして発見！です。そもそも「指定券」は「不自由席」だったのです。これは実に楽しい発見でした。それともう一つ、「指定席」は「座れないんじゃないか」という〝不安〟を五百円で買っていたんだとは、思いもよりませんでした。

心のしばり

人間の頭の働きの大きな特徴の一つに、「うそがつける」ということがあると、前々から気づいていました。人間の精神活動はとても複雑にできているものですから「うそをうそと思わない」というふうに作られているのです。「正直に言うと…」なんてことを付けて話し始める時は、よく「大うそ」だったりしています。いや、「うそ」と言うのが当ってなければ、「空想」と言ってもいいし、「思い込み」と言ってもいいです。要するに頭の中のできごとです。

このことは他人の話ではありません。まったくぼく自身のことなのです。ほんとうにぼくは「うそつき名人」だと思うのです。

今日もまた　ウソばっかりの　講演し　（山の茂吉）

とは、先日の「ナーム湘南」でご披露した川柳です。

「スキあらば得してやろう」と無意識のうちに頭の中でパチンパチンとソロバンを弾いて、そっちの計算は目にもとまらぬものすごいスピードでやっているので、まさかこれが「うそつきの素」、要するに「心のしばり」だとは思ってもいないのです。自由に生きているつもりが、まったく「小さな自分」に縛られて、挙げ句の果てに見ている世界はうそばかり。これがぼくが「人間界」と思って生きて来た世界です。

犬やニワトリと較べたら、とてつもなく大きなこの頭の持ち主が「心のしばり」に振り回されて、「うそつき名人」だったなんてことに気づいたらビックリです。

犬は死んだフリはしても、決して政治家や道徳家や教師のようにうそをついたりはしていません。

あの世に行って

ボクはまことに残念ですが「あの世」に行ったことがありません。そのうち行くと思いますがまだ一度も行ったことがないのです。そこでいろいろ空想し、うそ話をしてみます。これが案外、「この世をどう生きるか」のヒントになっているのです。

人間の大頭《おおあたま》を複雑な仕組みにした原因は、「自分」という意識に違いありません。この大頭を通した「自分」は相当ガメツク、ケチ臭くできています。そのガメツク、ケチ臭い物の代表が、「私有」とか「所有」が原因になっていて、子どもの頃からそれは染みついているので、小学生でさえ「オレの金」と言ったりするので、「じゃあ、お金に名前書いといてね」なんて冗談を言ったりしています。

お金だけじゃあない、自分の土地、家、縄張り、領土等々……。取っただの取られただの、損しただの得しただのと、みんな「自分の」という「所有」「私有」が大問題になるのです。

ところが、「あの世」にはどうやらそういうものがないらしい、と薄々わかってきたのです。損しただの得しただのがないらしいのです。そう思ったら、人間の大頭の「うそつき名人」の正体がわかってきたように思うのです。

ケチでバカ

今朝も居合わせた二十人ほどの子どもたちに「共同生活の目的」というお話をしたところです。

「ここ（くだかけ生活舎）ではお掃除して、全真堂の座ブトンを並べるのも、食事の支度をするのも、お風呂を焚くのも、全部自分だけのためではない。そりゃあ、少しは自己研鑽の役に立つかも知れないが、それよりも、他の人のために生きて行動すれば、それは自分のためにもなり、自分が生きいきして楽しく悦びになる。それが、共同生活の目的だ……」と言ったのです。

ところが、ぼくをはじめ子どもたちも大人もケチでバカだから、つい、楽をして得しようとしてしまう。教育だって、福祉だって、芸術だって、医療だって、どれも「ひとの役に立つ」ためのものなのに、いつの間にかそれらがみんな商売になってしまっていて、子どもたちでさえ「どうすれば楽してもうかるか」なんてことを言うのです。

だいたい、道徳家や教育者の「うそつき名人」ぶりは大したものです。だから、「道徳」や「教育」は大きらいです。何が目的なのか「心のしばり」ばかりして心を解き放つことを忘れているのです。いつの時代からこんなものが大手を振って語られるようになったのでしょうか？　ぼくにはよくわかりませんが、ずっと昔からの「宗教的人間観」がすたれて来た原因は、どうもこの「うそつき名人」ばかりがはびこって、人間がますます「うそ八百」にごまかされるようになったからのような気がしてなりません。「心のしばり」でごまかそうとしているのです。

「ケチでバカな自分に向き合ってみよう！」ぼくが子どもたちに語りかけたいことで、今一番大切なことです。

19 おいしい生活

ビックリしました

ちょっと一休みした午後三時半過ぎころ、「さて、そろそろもう一仕事」なんて思って重い腰を上げたときです。山の奥の谷底から消防車のサイレンが鳴り響きました。ぼくの家は山の上ですから、谷の底は丸見えです。谷底のサイレンはあっちの山、こっちの山にこだまして複雑に聞こえてきます。ビックリして煙のもとを探しました。五、六キロ先の「八丁」という所です。

息子は畑に行くのをやめて大急ぎで消防服に着替え出動していきました。夜暗くなってから家に戻ってきたので火事の状況を詳しく聞けました。まあ大したことがなくてよかったですが、たったこれだけのことでびっくりして人間は気が動転してしまうのですね。五、六キロ先とはいえ煙が見えてしまうと、「あそこは石井さんちだ」とか、「いや一つ手前のロッジだ」などと興奮してしまいます。双眼鏡でのぞいてみても、普段はよく見えているはずが、手前の林が邪魔してハッキリ場所を特定できないような気がしてしまいます。山に移ったら山火事は恐ろしいのでうろたえているのです。

……ふと、我に返って「どうしてこんなに動転してるんだろう?」と思うのです。けたたましいサイレンの音、立ち上る煙、尋常でない危険を感じたからだろうか?

そういえば、「集団的自衛権の行使容認」とかいうのもこの手を使っているのだろうかと思います。実際は落ち着いて考えると、その手は使わなくてもすむことがあるのだろうにと。

安全？　安心？

この頃だんだんとですが、ぼくも老人の仲間入りしてきたらしいのです。その証拠に、去年は何度がバイクで転んで、つい先日は車のドアに頭を強打して、連日、車の車輪をあちこち乗り上げたり踏み外したりしているのです。だんだんとですから自覚症状がなくて、「今日は天気がいいからバイクででかけようかな」なんて言うと、家内がすかさず、「危ないからバイクはやめて」と言って阻止されるのです。「気持ちいいんだけどなあ」と言いながら諦めます。それで先日、バイクはまだ使えるので十九歳のアッ君にあげちゃいました。喜んでくれたかどうかはわかりません。とにかく「安全」であれば「安心」だというのでしょうね。世間では……。ぼくはどうもそこのところを疑問に思っているのです。何しろぼくはつねづね「おいしい生活」を求めているのです。世間一般の人は「ウマイ生活」を求めているように思えるのです。変ですね。「ナーンだ、ウマイもおいしいもおなじじゃないか」とお思いでしょうけれど、そこがちょいと違うのです。

しつこいようですが、「集団的自衛権」？……なんだそりゃあ！と言いたいのですが、けたたましいサイレンや尋常じゃない危険のようなことを言われりゃあ、「何とかしなきゃあ」とうろたえて、双眼鏡で見えもしないホルムズ海峡の不確かなものを想像して不安になってしまいます。

国民の安全のため、安心のためと言いつつ、「ウマイ手」を探しているのでしょう。だって、そうでしょう。国民の生命の安全を守るのなら、武力行使以外の方法で頭を使わなきゃあ、そこに行かされる人も含めて、一つも安全じゃありませんよ。安心でもないし。ああいうことを言う人は、自分は「ウマイ生活」を際限なく求めて行こうとして、みんなで「おいしい生活」を求めていく努力は眼中にはないのです。

「欲」というのは、自分にとって不利とか、損とか、危険とかとなると、「もっと、もっと」と騒ぎ立てたくなるのです。意欲的で積極的でいいじゃんなんてことになるのです。どうもその辺で「安全」とか「安心」とかいう意味が　引っかかってしまうのです。本心は別のところにあるんじゃないの？　と。

ましてや、大災害を連発しているわが日本列島にあって、冷静に考えなきゃならない時が来ているのじゃありませんか。重病人が自暴自棄になってさらに寿命を縮めるように大酒を飲んでいるようなものですね。

「欲」というのはどうも不思議な仕掛けになっていますね。ザワツイて静かな心になれないのでしょうか。神や仏にお任せして最善の道を静かに歩む心境になれないのでしょうか。

「おいしい生活」は「ありがたい」

ぼくは山の中で特別に貧乏な暮らしをしているものですから、「おいしい生活」はとても「ありがたい」のだと教えてもらいました。だれに教えてもらったかというと、山の空気にでしょうか。

まず、何よりおいしいと思うのは「水」です。

自然の山の湧水を飲んでいるのですからおいしくないわけはありません。季節ごとの自然の恵みは、それはそれはおいしいものばかりです。春先のフキノトウ、初夏の野イチゴ、木イチゴ、夏のミョウガ……とにかく食べるたびに「ありがてえなあ」と心の中で思うのです。それに加えて、畑や田圃の作物や、産みたての新鮮なニワトリの卵など、おいしくないものはありません。まして や、そこら辺の土手から採ってきたニラを入れた「卵スープ」は絶品です。春のサヤエンドウ、秋の大根の抜き菜を食べると、「ぼくは、これを食べるためにこうして毎年ガンバって生きているんだ」なんてことを思うのです。と、まあ、こうして「おいしい生活」を満喫できることは本当に「ありがたい」ことだと感じています。

実は、「おいしい生活」の本題はここにとどまりません。おいしいものを頂けるありがたい生活は、その一部分です。本題は食べものに限らないのです。

生活の味わいは、どうやら「欲」にカギがあるのですね。食欲以外でも欲張ってガツガツ生きるのと、与えられているものを十分に味わいながら満足して生きるのとでは、生きている意味も違っていくのです。欲張ってガツガツ「ウマイ生活」を求めて生きると、グルリ中が敵のように見えてしまうのです。自分の利益や成功や出世や評価の邪魔をされないように、知らず知らずのうちに防衛したくなるのです。

一方、欲張らずに、与えられているものをありがたく頂いて生きる、味わい深い

「おいしい生活」はグルリ中も自分も一体ですから、まず防衛することはいりません。そうしてみると、「安全」や「安心」は外敵から守るというところで得られるものではないのですね。病気になれば「治りたい」と思います。しかし、そう簡単に治らない病と知ったときには、欲張れない状況に追い込まれてしまい、とうとう「天におまかせしよう」ということになります。

老いていくことも同じです。

「老い」のショックを、オイルショックというらしいのですが、「老いて行きたくない」と思っていても、いずれ知らず知らずやれることが減っていきそこら辺でつまづいたり、食事のときにご飯粒をこぼして家内に叱られたり、入れ歯をその辺に置き忘れて息子夫婦に嫌がられたりしているのです。

これだって、「自然におまかせ」するしかありません。ガツガツ欲張って、いつまでもギラギラと脂ぎった「ウマイ生活」をしようにもできなくなるのです。「安全」だの「安心」だのと半端なことを言うものだから、他人の犠牲を土台に、サイレンを鳴らして尋常ではないと脅して、「危険」と「不安」の方向へと追い込もうとしています。「ウマイ生活」なんてものは、本当はないのだと知ったら

「おいしい生活」の味わいの方に目を向けて行って、初めて本物の「あんしん」が得られるのです。間違いなく――。

第四章

極楽ゴッコ

20 人生のプレゼント

共同生活

ちょっと昔のことです。中学生や高校生年代の子どもたちを七、八人お預かりしてこの山の中で「共同生活」をしていたのです。

家を離れてこんな山の中で一年も二年も、長い子は四年も五年もこんな山奥の生活をしているのですから大変と言えば大変です。家族ではない人たちといっしょに暮らすのですから年令的に言っても、さみしいし、つらいし、家に居る時とは大違いです。

何しろ、冬の寒い時でも六時には起床して寮舎のあちこちを掃除して、雑巾がけ。水ぶきしたその直後から凍ってしまうような寒い渡り廊下の当番に当ってしまうと泣きそうになります。それが終ると全真堂に入って坐ります。寒いからといって窓を閉め切ってくれるような心やさしい先輩はいませんし、鬼のような和田先生がワザと入口の扉まで開け放して入って来ます。

それでも少しなれてくるとなぜか「この全真堂の時間がないとここの生活じゃねえ」なんて強がりを言ったりするものですから、鬼のような和田先生もこの子たちを心底かわいがったりするのです。

それで、この子たちの誕生日にはプレゼントをすることにしていたのです。家内はその子に必要そうな実用的なもの、例えば手袋やマフラーなどを用意してくれるのですが、ぼくは何も思いつかないのでどの子にも「ハイチュウ」というアメを一つだけとか、「柿の種」一袋をプレゼントすることにしています。親元を離れているこの子たちにはどう思われているかわかりませんが、たいていはとても喜んでいるように見えました。こんなに物にあふれた時代に「たったこんだけ?」とは決して思っていなかったように見えました。

クリスマスプレゼント

十二月に入ると、普段はお経を読んでいるわが家も急にキリスト教徒になって「讃美歌」風の雰囲気になって、「成道会《じょうどうえ》」を飛ばして「きよしこの夜」ってことになってしまうのです。大広間に飾り付けなどして、裏の窓から突然ニセのサンタクロースの格好した人が乱入してくるなんて演出もしてとても楽しいのです。

そしてこの山奥のわが家にも十二月二十四日の夜になると本物のサンタクロースが来ることになっていて、みな早めに風呂のエントツやマキストーブのエントツに向かって「お願い」をすることになっていたのです。わが子たちはそれを信じていても、いっしょにいる寮生たちは中学生や高校生年代ですので、だれ一人としてそんなこと信じてはいません。いつも十時前には寝てしまうぼくも、この夜ばかりは頑張って起きていて、寝静まった子どもたちの所を訪ねるのです。さすがに寮生の部屋には、入っても気づかれてしまうので「忙しいからプレゼントは玄関に置きました…サンタクロース」なんて置き手紙をしました。

ぼくもそうでしたが、十二月二十五日の朝は特別な朝でした。ぼくの場合は小学校五年生までサンタクロースが来てくれていました。エントツで頼んだものが、朝の枕元に届けられているというしあわせを何度も何度も味わわせてもらいました。

むちゃくちゃ貧乏だった昔のことですから実用的なものばかりだったと思います。今から考えるときっと親の誘導があったのでしょうね。穴のあいてしまったクツの代りに新しいクツをお願いしていたりしたのですから……。それでも、一度はどうしても「ヨーカン」が欲しくて「ヨーカン」を頼んだらちゃんと「ヨーカン」が届いたのです。大人になって親の書いた文章を読んだらその時の経緯が書いてありました。悪いことしたなと思うのです。

わが子たちや寮生たちにもサンタクロースはちゃんと届けてくれるのです。そのプレゼントは家内がちゃんと地元の商店の包み紙ではないものに包みかえて、十二月二十四日の夜、みなが寝静まるまで押し入れに隠して置いたものです。二十五日の朝には子どもたちがワーワー言って見せっこしている光景は本当にいいものでした。

言葉にならないもの

そんな昔話ばかりしていても仕方ありません。こんなにモノにあふれた現在《いまごろ》では
プレゼント事情はどんなことになっているのでしょうかと考えてみたら、先日、相
談に来た五年生の男子は誕生日でもクリスマスでもないのにおじいちゃんから五千
円もするゲームソフトをもらっていました。

「なんで、そんなもの買ってもらえたの？」と聞くと「おじいちゃんがいつも買
ってくれるんだもん」と、ぼくが聞いている意味は通じてないようです。だんだん
と判ってきたのは、この子はゲームのやり過ぎで夜更かし朝寝坊になっていて学校
を休みがちになっていたのです。そこで、おじいちゃんが「学校へ行ったらごほう
びにプレゼントしてあげる」と約束したのだそうです。

ぼくは思わず「最悪!!」と叫んでしまいました。だって、これはプレゼントでは
なくて「取り引き」や「交換条件」でしょう。子どもをこんなやりとりに巻き込ん
ではいけないのです。

プレゼントは言葉にならないあたたかいものです。偉そうに「ごほうび」なんて

あげて、この子の心は「取り引きや交換条件」に汚されてしまったじゃないか!!とつい怒鳴りたくなってしまったのです。

人生の苦楽

プレゼントというのは無条件に与えられているものだとぼくは思っています。見返りやご利益を望んだからあるものではありません。そういう意味で、「人生」は何ごとにも変え難い「自分」をプレゼントされたものだと思います。

朝起きて、掃除をして、全真堂に坐るということだけでも毎日淡々とくり返すのはぼくらにとってはものすごく大変なことです。その上に飯も食わなきゃならないし、人とも付き合わなきゃならないし、寒さも防がなきゃならなければ、頼まれたことも実行しなければならない。そんなこんなを生きていくだけで「不平」「不満」がわんさと出て来ます。自分は一体どうしてこんなことをしなければならないんだと苦しむのです。子どもたちだったら「どうしてこんなことをしなければならないんだ」とか「学校なんか行ったって面白くもない」とか思うのです。

大人だって、人間関係で悩んでいたり、貧乏で苦しんだり、出世で苦しんだりするのです。

でも、そのことをよく味わえば、自己発見、自己探求、自己創造の道すじ以外の何ものでもないのです。「人生の苦楽」はお釈迦さま以来のプレゼントに他なりません。そこには何の「取り引き」も「交換条件」もないではありませんか。

ぼくはぼくの人生をプレゼントされていたのです。喜んでも喜ばなくても、苦しんでも苦しまなくても、得しても損しても、そんなことはどうでもいいのです。「人生」は言葉にできないほど大切な「プレゼント」だったのです。誰にも御礼の言いようもないほどの有り難さなのです。

21
虫たちの径《こみち》

不安も心配もない世界

雨の日も風の日も、毎朝歩く畑の中の径《こみち》は、その向こうに見える山々の連なりと一つの景色となって、ぼくにとっては理屈抜きでとても心のやすらぐ場所です。

若者や子どもたちにとっては畑の中を通り抜けて行く鶏舎への近道でしかないのでしょうし、たまに泊まりに来る都会に暮らす人たちにとっては雑草だらけの歩きにくい道でしかないのかも知れません。その証拠に若者や子どもたちはいつも急ぎ足で通り過ぎて行くし、都会の人たちは必ずちょっと下の舗装道路を歩きたがるのです。ぼくにとってこの径は大宇宙から眺めたホームプラネットそのもので、まったくもって「ノビノビと自由に遊んでいい所」なのです。不安で心配でいっぱいの、人類の「病」みたいなものまで吸い取ってくれるようないい所なのです。本来、地球は「ノビノビと自由に遊んでいい所」なのですから、病気や競争などの不安のタネは、人間が勝手に作っているものばかりなのです。そのうえ、人間に襲いかかる死の恐怖は一体何者なのでしょうか。

ダンゴムシやミミズ

この径《こみち》は、実はぼくたちが主役ではなく、名も知らぬ無数の虫たちの径なのです。

ぼくは、この虫たちをあえて観察する気はさらさらないので、ほとんどの虫の名前を知りません。人間の子どもと違って、ぼくに名前を覚えてもらわなくたって、別にヘッチャラです。それどころか踏みつけられたって文句の一つも言いません。そうして彼らはセッセ、セッセとわが道を生きているのです。

特別にかわいい顔した虫もいませんが、そんなことも別に気にしている様子はありません。どう見たってグロテスクな小さな怪獣のような虫も堂々と生きています。もしかして、グルリに様々な種類の別モノがいることにさえ気づいていないかも知れません。そのかわり、好きなモノ嫌いなモノはハッキリ知っているようなのです。

ダンゴムシやミミズだってそうとうしたたかに生きています。径《こみち》とはいえこの虫たちにとっては広大な大地に違いない場所に間違いなく存在しているのです。（ミミズは虫とは言わないかも知れませんが、同じように生きています）ここにやってくる悩み多き子どもたちとの決定的な違いは学校がないことです。

ダンゴムシスクールやミミズ学校があったら何だか楽しそうですが、人間の子どもたちの学校はたいていあまり楽しそうじゃあないのです。人間はどうしてこんな苦労を背負うのでしょうか。ダンゴムシは自分の行く手に障害物があれば何の不平も不満も言わずに、乗り越えるかあきらめるか瞬時に判断しています。まさに「智恵」の塊《かたまり》です。そして本気で一所懸命生きているのです。

殺生《せっしょう》

雨上がりの朝、とんでもないものを目撃しました。大事件です。小さな甲虫《かぶとむし》がミミズを頭から食べているのです。（本当はどっちが頭で尻尾だかは分りませんが、こういう場合、頭からと言った方が迫力があってわかり易いでしょう）最初はミミズもグニョグニョと動きまわっていましたが、食べられる速度が速いので、あっという間に動かなくなってしまいました。黒い小さな甲虫にとってはただの朝食だったのでしょうね。

この事件は新聞沙汰にもなりません。食べる方も食べられる方もまるで何事もなかったかのようです。食べた方は「朝食」。食べられた方はこれですべてが「お終い」なだけです。

また、別の日差しの強い日の昼下がりです。半生《はんなま》状態になったミミズが横たわっていて、その周囲にはアリが黒山のアリダカリになっていました。「スゲーッ」と思って眺めていると、どこからともなく一匹の蜂のようなもの（蜂かどうかわかりませんん）が飛んで来て、黒山のアリダカリを気にする様子もなくその半生《はんなま》のミミズ

に喰いつきました。たぶん、どちら様も本気で一所懸命に虫生《ちゅうせい》（?・）を「生きて」いるのでしょう。

不安も悩みも心配も何もない（ように見える）虫生《ちゅうせい》に比べ、ぼくらの人生はこんな殺生には耐えられません。だれもが地獄行きを覚悟して豚やニワトリや牛やクジラや魚を食べているのです。だのに案外平然と食べていますが——。

ところが、ぼくらのようにこんな山奥に住んでいるとどうしても獣害がひどくて、泣く泣く鹿や猪を捕獲してその肉を食べることになります。その時の心の負担は恐らくその場に居て実行する者でなければわからないのでしょう。

時として、あなたもハエや蚊を無意識でタタキ殺して、ハッと気がついて我に帰る時に「ゴメンネ。あんたが悪いわけじゃあなかったね」とつぶやくこともあるでしょ。ゴキブリをスリッパでタタキ殺して「ザマーミロ」と言いながらも心の中で手を合わせたりしているでしょ。アレのもっともっと重い心の負担、どうにも許してもらえないような心の負担を感ずるのです。「いいじゃん、猪や鹿は畑を荒らしているんだからしょうがないよ」といくら言っても、許してもらえるようなものではありません。

必死で全真堂のご本尊さまに手を合わせて、線香立ててお経を読んで……。もうこれはどう説明しても、毎日のように「製品になった肉を気楽に食べている人」にはわかりっこないのです。

「宗教なんていらない」と言う人たちもたくさんいます。それどころか平気で「戦争の準備は必要だ」と言う人たちもいるのです。

殺生が生み出す心の負担を味わいながらも、なお自然の中に生きていかなければならない「苦」は、人間に与えられたとても大きな宿題です。

虫たちの径《こみち》

虫たちの径《こみち》に満ちあふれているのは命を惜しまず、命をささげている姿です。

「不惜身命《ふしゃくしんみょう》（身命を惜しまず）」人間も仏道に惜しみなく「生き生き」していればよいはずです。ウソついたりゴマカシたりしなくていいはずです。

先日、ダンゴムシスクールのような場所を見つけたのでしゃがんで見ていました。そこにはダンゴムシがたくさん集まって何かを学んでいるのです。すると、一匹の大きめのダンゴムシが上の方へとスルスルと移動しはじめました。すぐ後ろをちょっとサイズの小さいダンゴムシが追いかけるように登って行きました。間もなく、後ろの小さめが前の大きめの背中に追いついてヒョイとのっかりました。そうです！あっという間に交尾したようなのです。

テントウ虫もよくやっています。くっついたままになっているのもいます。聞くところによると、疲れを知らないテントウ虫は三時間あまりも交尾しつづけてるとか。先日は、クロシジミという蝶が交尾して飛んでいて花に休んだ所を写真に写してやりました。

虫たちもまた、生死《しょうじ》を解脱《げだつ》して短い虫生《ちゅうせい》を真面目に「生き生き」としているのです。とてもいい世界です。

22 ニワトリのいとなみ

近づく春

陽が延びてくると自然界は活気を取り戻してきます。

本当の春が来てしまうまでに、動物も植物もいろいろな準備があるので、よくよく見ると静かに活気づいているのです。人間も少し心ウキウキしてくるのですが、間もなく始まる本当の春にはウツウツとしてくる人も少なくありません。なぜでしょう。

文明の進歩で自然を支配したと思いこんでいる人間は、だんだんと自然感覚がにぶってきて、春が近づいているのかどうかさえ分からない人もいるようです。

家の中だけにいてパソコン相手に夜も昼もなく、ノンベンダラリと暮らしている若者もいて、そういう人間の食や睡眠は完全におかしくなっていて、どうやら性の方も少々調子が落ちているようなのです。生活のいとなみの調子が狂ってくると人間の場合精神活動も変になってくるようです。その点うちのニワトリたちはよほどのことがない限り、ウツになったり、ノイローゼになったりはしていません。普通にしていれば、夜明けとともに皆とても元気に活動し始めて、毎日毎日セッセセッセと暮らしをいとなんでいるのです。

ここでちょっとお断りしておかなければなりませんが、ぼくのところのニワトリたちは小さな籠に入れられているのではなくて、平飼《ひらか》いと言って、屋根つきの広いところに五十数羽ずつ（♀五十羽♂五羽くらいの割合で）暮らしているのです。食べている餌も自家配合の無農薬、有機のものばかりで薬品は一切使っていません、発酵《はっこう》させたものを食べているのでとても丈夫で健康な暮らしをしています。養鶏場の管理されたものや狭い籠に入れられた気の毒なニワトリを想像しないでください。
たとえて言えば、学校という小さな空間に閉じ込められた子どもたちの姿ではなくて、広々とした山の中でいい空気を吸って朝から楽しく暮らしている子どもたちのようなものです。

性のいとなみ

早朝から、せっせと働くのは雄鶏《おんどり》たちの特別なお仕事です。平均して十羽の雌鶏《めんどり》を相手に交尾をしなければ「役立たず」と言われてしまいます。（ウソですよ。そんなこと誰も言ってません）とにかく見ているとものすごく活発です。ところが、一回の性交は一秒、いや二秒かな……というくらい素早いのです。

ようく目を凝らして、その瞬間を見届けようと、ぼくは興味津々で観察しようと試みるのですが、物心ついてからも六十年も見つづけているのにニワトリの交尾のそのものは一度も確認していません。種類によって多少の違いはありますが、まず近づいてきた雌鶏にさっと乗っかってあっという間に済ませてしまいます。その後も顔色一つ変えずに普通にして立ち去っているのです。見事なものです。決して「人前だから」とか「ちょっと恥ずかしい」とか言ってません。みだらなとかふしだらとかも言ってません。ソレドコロか重要なお仕事といった感じです。

ところが人間はというと、これが恐ろしくややっこしいことになり、性のいとなみは決して人前で言ったり見せたりするものではないのです。「閨房《けいぼう》の秘事《ひじ》」なんてことにしています。決定的な差は「知」と「情」というところにあると思います。ニワトリと人間を比べるのはニワトリに失礼ですが、人間の性のいとなみは欲望に関する「知」と「情」という大切な分野が仕組まれているのです。ニワトリにはそれがないので「本能」に従っているのです。

食のいとなみ

ニワトリたちが早朝目覚めてコケコッコーと鳴いたり、アレをしたりしてひとしきり過ごした頃に人間さまが餌や水をやりに小屋に入ります。すると、もう「餌が来た」と思って小屋中を飛び回ってニワトリたちは大興奮します。

　誰よりも先に自分の口に餌を頬張りたいのでしょう。たまに学校給食の残りのパンを投げ入れたりすると、好物ですから大パニックになります。一度自分の口ばしにくわえたパンをほかのやつに奪《と》られるんじゃあないだろうかと心配で小屋中を走り回るのです。全く愚かです。ほとんどのニワトリが皆同じことを思うようで、アッチでもコッチでも口ばしにパンをくわえて走り回るので、その賑やかさは半端じゃありません。パンのかけらの大きさには関係なく、一度くわえたパンを奪られまいとして必死です。「とても馬鹿げている」と思って見ているぼくがいるのに……。

　人間さまがニワトリたちの健康を考えて、手間暇かけて作った餌を餌箱に分けてやるのですが、ここでも我先にという争奪戦が始まります。「だいじょうぶだ！　落ち着け！　餌はたくさんあるから順番を守れ！」といくら教えても聴く耳を持っていません。何度教えても学習することはないのです。

　人間にも同じような人はいますが、いくらなんでもここまで地獄絵図にはならないでしょう？　自分が食うのには他人を踏みつぶしても……と思っていることはないでしょうねぇ。

ここでも「知」と「情」というテーマが浮かんできます。「食」と言ういとなみはどうあるべきか考えさせられます。「本能」のままではいられません。

眠るといういとなみ

ニワトリたちの朝の目覚めは早いです。

太陽が昇ってくるより早くあたりは明るくなって来ますから、もうその時には目覚めて活動を始めています。絶対に「寝坊している」ニワトリはいません。その代り、夕闇が迫る頃には自分の寝る「止まり木」の高いところに移動しています。暗くなったら見えなくなってしまうからです。なにしろ「トリ目」ですから。この時は実に平和です。多少の場所の取りっこはしますが、先に「止まり木」に陣取っているニワトリをつき落したりはしません。寝ぼけて「止まり木」から落ちたり、寝言を言ったりしているニワトリはいますが、夜は安らかに休むというリズムはしっかりとできています。

一方、人間の中にはどこか心を病んでいる人がいます。そういう人はたいてい夜の睡眠が安定していません。「眠れない」「昼夜が逆転している」「睡眠不足」「夜更かし朝寝坊」、なかには全くもって生活のいとなみの中に「睡眠」が組み込まれていない人までいます。そういう人が不安やイライラや自己破壊行為にまで及んでいます。不登校や引きこもりになっている子どもたちもいます。春を呼ぶ風が東の方から吹いてきているのにも気がつかないでいます。たいていは病院に行って薬をもらったりして対症療法をしています。人間はニワトリほど優秀ではないという証拠です。

朝起きてせっせとからだを動かして、暗くなったらさっさと寝る、というような生活のいとなみに切り替えればあっという間に解決してしまうのです。

性のいとなみだって、頭で知っているだけではどうにもならないのです。

人間は頭の中で「性」や「食」や「睡眠」をいとなもうとすれば不自然になります。と言って「本能」のままでよいのかと言うとそうはいかないのです。

春の陽を浴びてのんびりと砂浴びしているニワトリたちをぼんやり眺めていると、とても新鮮ないい風が吹いてきます。煩わしい悩み事が一瞬消えてなくなるのです。

23 ケチの殻を破る

欲望

この山に暮らしていて、夕方、一日が暮れていくころぼくはふと思うことがあります。ヒヨコが殻《から》を破ってこの娑婆《しゃば》に出てくるときの気持ちです。あの元気な様子からして「やったー、せいせいとしたぁー、これが娑婆の空気かぁ……」などと思っているのでしょうね。わずか二十一日間ですけどあの狭い殻の中で育ってきたのですから「この明るさは何だ！」と感動しているのでしょう。

人間の端くれであるぼくは、はたしてこの娑婆に出て来てこんな悦びを感じていただろうかと……それどころか、成長するにつれニワトリのようにスッキリ、イキイキと生きられずに、与えられているものを喜べない「何か」を身に着けて行き、それがだんだんと固まって殻となっていくのです。その「何か」が「欲望」であることはすぐに判るのですが「欲望」がなければ生きていけないし、困ったものなのです。

そこで次に思うのは「欲望の発揮《はっき》の仕方」です。要するに簡単に言えば「根性」が悪いと喜べなくなるってことです。

捨てられないもの

そこである時「人間の捨てられないもの一覧」を作って、どんなものにしがみつくと「根性」が悪いと思われるか確かめてみました。

お金、名前、財産、地位、学歴、肩書、職業、、健康、生命、食糧、水、空気、地球、快楽、知識……とにかくあれやこれや次々と出てきます。それを順に捨てていくとすれば、案外簡単にランク付けできてきます。取り戻しやすいものから順に捨てるのです。一度捨てちゃったら取り戻しできないもの、生命や地球は捨てられないのですから。

ところがここで一つ引っかかるものが出てきました。それは「自分」です。どうやら「自分」は捨てにくいのに捨てて行かなきゃあならないようなのです。

そんな「自分」が「厚みのあるケチ」「硬さのあるケチ」になっているのです。

厚みのある「ケチ」（殻が厚くなかなか破れません）

力の出し惜しみ……やれるのになんとなくケチケチしてやらない。

努力しない……ちょっとした努力をすればいいのに努力を惜しむ。

裏読み作戦……人の言動の裏を読んで素直になれない。

取り込みたい……なんでも取り込みたい。

出したら損……ちょっとでも出すのは損だと思う。

譲りたくない……道でも物でも人に譲るなんて考えたくもない。

硬さのある「ケチ」（なかなか殻が硬い。代表的なのは自己中心性です）

正当性を主張するばかり……自分の正当性を認めさせたいがために、人の批判や悪口を上手に使う。そうとは悟られないようにという手口もうまい。

自己顕示……必要以上に目立つようにするために様々な裏技を使う。遠慮して見せたり。

自己防衛……これはごく自然に知らず知らずにやっていることが多く、防衛は正当なこと、自然なことと思ってしまうが、裏を返せばかなり硬い「ケチ」の表現だ。

劣等感……これも自然に出てくる「ケチ」な防衛手段の一つ。

優越感……食えない。思い上がりだから。

ちょっとセコイ手を使ってルール違反する……昔ぼくがよく使った手。例えば電車のキセル。大学の授業の代返。バレなきゃいいじゃん。この手のケチもたくさんある。

自分のものを貸したくない……昔大事にしていたもの、ペンとか車とか洋服とか。

こんなことを書き始めたら際限なく「ケチ」は出てきます。ぼくがやってることはすべてがケチくさいのです。

幼児のころからケチくさい子はいるもので、自分のお母さんを取られたくない。だから、自分のお母さんがよその子を抱っこしようものならものすごく焼きもちやきます。そうだ、大人になっても自分の奥さんがよそのオジサンと話でもしようものなら、抱っこされてなくても、むちゃくちゃ焼きもちを焼いて嫉妬《しっと》していますもんね。

自分の所有のもの、自分の私有のもの、どうやらこれが殻の厚みや硬さを増していく原因でしょう。

殻を破るには

利己主義と個人主義は別物だし、プライバシーの侵害と自己の開放は別物です。と思うと「自分」の取り扱いはなかなか難しいものです。

所有意識、私有意識はどうやら「ケチの自己表現」のようなものです。この頑固な殻を持ち続けている限り本当のしあわせには到達できないもののようです。「自分が」「自分の」「自分で」「自分は」「自分に」と並べてみると「ケチの殻」は私有、所有の意識のそのまた先と言うか、応用編の中にもあるようなのです。

そこで、ケチの殻を破る決め手となるのはこれしか方法はないというもので「『自分』を捨てる」というものです。さっきも書きましたが「自分」は捨てにくいものなのです。だって「自分」を捨てたら何も残らないじゃあないか……だから「自分」は捨てられないと言って「自分」にしがみつきます。「自分らしく」「自分のままに」と言われると何が「自分」なのか?と言って、さらに「自分発見」「自分探しの旅」に出かけたくなるのです。まあ、それもいいのでしょうけど、ケチの殻は厚さも硬さも破っていくことはできないのです。

「どこか『自分』の外に『自分』があるように思っていたのだ」と思った時にぼくは初めてこの娑婆ってところは明るい所なのだとわかりました。ちょうどヒヨコが殻を破って出てきたときのように清々とイキイキできたように思えたのです。若い頃のできごとです。若いと言っても四十過ぎてからですが。この山に暮らし始めてから三年ほどたっていました。「自分」というのは捨てても捨ててもなくならない。だから思い切って全部捨てちゃっても全く大丈夫だと思ったのです。

あれからおよそ三十年。「自分」を捨てても捨てても、捨てきれません。まだまだいっぱい残っています。しかし、「ケチの殻」は破れかかっています。分厚く硬い「ケチの殻」が少なくなってきたのです。

他人から見たらどんな風に見られているのだろうという「自分」は捨ててしまっても全然問題ない。そうは分かっていてもまだカッコつけてしがみついてる「自分」がいる。その証拠に体のあちこちに痛みがあって指先まで曲がってきた。整形外科に行ったら「老人性ですから、曲がり切ったら痛みもなくなります」なんて言われて「そうかあ、死んだらそんな力みも取れ、清々とあの世に行けるんだ」と納得した次第です。

24

地獄風

信仰

知り合いのキリスト教の牧師さまから毎週メールで送られてくる『週報』に、必ず「一週間を礼拝から始める信仰の習慣を」と書いてくださっています。毎週、その部分はさっと読んでしまっていてあまり気にも留めていなかったのですが、「礼拝から始める……信仰の習慣」なのか「礼拝から始める信仰の……習慣」なのかとふと疑問に思ったのです。そんなこと牧師さまに聞いたら叱られてしまいそうですね。

まあ、ぼくの疑問は信仰とは何かというところなのですが、信仰って習慣なのかって思うと、ぼくの場合、毎朝仏さまに向かってやってるあれは、習慣でやってるとは思っていなくて、新鮮な生活の出来事のように感じています。何教も信仰していないのがバレバレですが、どこかで赦されて救われたいと願っているのがぼくの本心です。

地獄の入り口

救われたいがためにいろいろ考えるのですが……。

地獄の入口というのは、薄暗くて恐ろしげなわかりやすい光景かというとそうでもありません。その入口は極楽と同じです。明るくて楽しげなのです。ただ、中から「地獄風」が吹いてきて、その「地獄風」に当たったら大変なのです。また、ぼくの家の近所にある山の中のゴミ焼却場の入口に立っている門番のおじさんたちのように、地獄にも門番が立っているのかというとそういうわけでもないのです。

地獄と極楽の入口の区別がつかないのですから「地獄風」に当たらないようにす

るにはちょっとした努力を伴うものなのです。ぼくは若いころから時々金縛《かなしば》りにあったようになってしまったり、最近でも寝ている間にどうにも身動きできないような、棺桶のような狭いところに押し込められて、とてもつらい空想に捉われてしまうことがあります。そうすると地獄のような気がしてしまいますが、でもそれとも違うのです。

入口は区別がつきませんから、楽や得と間違えてとんでもない苦や損を選択してしまう「人間の業《ごう》」は「地獄風」に当たってしまうからです。本当に「地獄風」っていうものは不思議なものです。でも、よく考えるとなるべくそれには当たらないためのヒントはいくつもあるようです。

人類がどうしてもやめられないことの一つに「戦争」という愚かな出来事があります。威勢がよくって華々しく思ってしまいますが、強烈な「地獄風」が当たってしまう出来事です。「得したい」と思うと「あいつが悪い」と言いたくなります。「ぶたれそうだから先にぶってやる」「ぶたれてもあまり痛くないように準備しておこう」「こっちには、そっちより強い仲間がいっぱいいるんだぞ」なんて言っているうちに「地獄風」がビュービューと吹いてきて当たってしまうのです。

24 地獄風

世の中にはそんな「地獄風」に当たっても克服している人はたくさんいます。それはこれが「地獄風」だとほんとうに知った人たちです。

それを知らない無信心の人たちが集まってワイワイ言って、ごまかしごまかし国を動かしたりしているので、人はウカウカと「地獄風」に当たってしまうのです。国をそういう方向へもっていこうとする人たちは、「地獄風」の方向を国民の方へ向けて、自由を奪い、口封じをし、思い通りに拘束できるムードを作ったりするのです。

家庭という小さな集団でさえ「地獄風」は吹いてきて曝《さら》されてしまうのです。明るくない、つまらない、希望のないところになってしまうのです。なぜそうなってしまうのか。地獄の入口がとってもわかりにくい所にあるからなのです。何度も言いますが極楽の入口との区別がつきにくいのです。ビックリするでしょうけどそういうものなのです。

たとえば、こうすれば簡単に「お金が儲かって楽な生活ができる」というようなものは要注意ですね。オレオレ詐欺なんてものもその一つかもしれませんね。これはまあ騙《だま》す方もダマされる方もあまりそれ以上に影響が拡がるわけではないでしょうからまだしも、武器商人のようなのはどうでしょうね。それから人を暴力支配するような集団はどうなんでしょうね。ことの大小はともかく「人の幸せ」をエサにして、自分の思いを満たそうとするのはどんなもんでしょうか。

やはり欲の質に問題があるのでしょう。

ケチと囲い

地獄の入口がどういうものかということをよく知っている人たちが、人類にも次々と出現しています。その人たちは「智慧」という世界に生きていますから、地獄の入口から「地獄風」が吹いてくることもよく知っているのです。そして、完全に「地獄風」に当たらないように生きるのはなかなかの難問なので、当たってしまっても道に迷わないように生きて行けることを知っているのです。

ぼくはこんな山の中にいてこんな暮らしをしてるものだから「もしや？」と思っていろいろな人たちが悩みや苦しみを持って来て下さるのですが、残念ながらぼくにはそれを解決する力もなく、ただただ子どもたちと遊ぶことばかり考えているのです。ですからせいぜいご一緒に遊んでいただければいいなと思っているのです。それがいいのかどうかわかりませんが、悩みや苦しみを打ち明けないうちに「もう楽になりました」とおっしゃる人もいます。「それならよかった」と言うだけですからぼくの出番はありません。

ただ、「地獄風」はどんな時にどんなところから吹いてくるか、さんざんバカなことやケチくさいことしてきたぼくには体験上よくわかります。

欲が固まって「ケチ」と「囲い」が出現してくるのです。

人に対して悪いことや、まずいことをしてやりたくなる時は心の入口に戸を立てて、厳重な鍵をかけたくなります。それでも不安なときは攻撃してやりたくなります。それって欲が固まって「ケチ」や「囲い」で心の武装をしてしまうのですね。それが「地獄風」の正体です。

だからきっと、この山に登って来るだけで心は武装解除してしまって、さらに子どもの世界に舞い戻ればなおさら心は柔らくなって、「地獄風もどこ吹く風」となれるのでしょう。面白い仕組みです。

人の心に「極楽」と「地獄」の入口の見分けがつかない何か邪魔するものがあって、ウッカリ「極楽」のつもりが「地獄風」に当たってしまうのです。どうやらそれを見分ける智慧を「信仰」という不思議なものが手助けしてくれるようなのです。ハテサテ「信仰」とは何か？

ぼくのような無信心のものがテーマにするのはとっても変な話です。でも、しかし、……ウーン……、昨今のように人の心が尖《と》がってしまったり、ガツガツしたり、不安でいっぱいになってしまったり、気力を失うようなことばかりしてしまっている様子を見れば、なんとなく「信仰」の大切さがわかるような気もします。

人の心をもてあそんで自分の思い通りにしようとするあの人たちに、「これは地獄風」だと早く知ってほしいですね。人を排除して自分だけいい気持ちになろうとしているあの人たちに、「地獄風」ってものがあるってことをちょっとでも知ってほしいですね。

25 極楽ゴッコ

地獄のような

先日、ぼくが住んでいる山の中で「大きな木からパワーをもらおう」という企画でちょっと楽しいことをやりました。

この山の中には大きな木が何本もあってとてもいいのです。この木を一人占めしていたのでは何だかもったいないので、ぼくはお仲間に呼びかけてやってみたのです。二十人くらいの人が登って来ました。

大きな木はたくさんあります。ケヤキ、モミジ、スギ、イチョウ…それはきっと何百年もの間ここにずっと生きつづけていたのでしょう。ありがたい存在です。そんな大きな木にとっついたり、抱きついたり、自分の好きな名前をつけたりして、いっとき遊びました。みなさん口々に、「楽しい」、「気持ちいい」を連発していました。果たしてパワーをもらえたかどうかは分りませんが。これは、ぼくが山の中に子どもや大人たちを呼び込んでやっている《極楽ゴッコ》の一つです。

真夏の田んぼの草取りはまさに地獄のような暑さです。

何もこんな時にしなくてもと思うのですが、楽な時にやっていたのでは間に合わないので、地獄のようなことをも味わいながらやっていくのです。でもよく考えてみると、地獄のようなというのは〈地獄〉じゃあないのです。夕方になって、ちょっと涼しい風でも吹いて来てくれたら、「あ〜あ　気持ちいい」となって、あの苦しみもすっかり忘れちまうのですから。目標があって終点のある努力はどんなに地獄のような気がしても〈地獄〉ではないのですね。じゃあ、〈地獄〉って？　と言われるとそれは空恐ろしい怖い所なのです。

まず、その特徴はと言うと「底なし」「期限なし」「打つ手なし」なのに「終りにできない」そんな助かりようもない苦しい所です。

たいていは、「何か悪いことしたから」その原因のために結果として〈地獄〉になったと思うので、いろいろ原因探しをします。ぼくは長年「思春期前後の子」たちと共に生活をするということをして来たので、まさかと思うほどの〈地獄〉に突き落とされたような親や子を見て来てしまったのです。

「私のどこが悪かったのでしょうか?」

「どこも悪くないいんじゃない」

「いや、先生、本当はどこが悪いのかご存知なのでしょ? ちゃんと教えて下さい。直しますから……」

「いや、直すようなことは一つもないよ」

「じゃあ、子どもが悪かったんですね。性格ですか? 態度ですか?」

「いえいえ、どこも悪くないですよ」

「じゃあ、どうしてこんな〈地獄〉になってしまうんですか?」

この人は中学二年生の男の子が毎日暴力をふるうのです。毎日イライラして、ほんの些細なことでお母さんをなぐる、ける……。

仕方ないので、ぼくの所でお預かりすることにしました。

しばらくすると、他の子たちとのトラブルも少なくなって来て、彼本来の姿にもどっていきました。面白いことに彼は手先がとっても器用で、ゴミの山から自転車部品を拾って来て二台も組み立ててしまいました。

〈地獄〉なんてどこにあったのでしょう。

そのうち彼は鉄骨専門の仕事に就いて、何年か後にはぼくの住んでいる町の大きな橋の架け替え工事現場に来たりしました。大型バイクに乗って。

〈地獄〉の方はさて置いて、ぼくは毎日ひたすら《極楽ゴッコ》を、彼ら彼女らに仕掛けていくのです。

「底なし」に気づけば

人間の苦しみには「底がない」と気づくのに、ぼくもずいぶん遠まわりしました。どう考えても、どう見ても、「ドン底」という所があって、そこに到達すればそこから浮き上がって来れると信じていたからです。救われるってことがそういうことだと思い込んでいたのです。

　一番大切なものを失いかけて、その苦しみから何とか助かりたいと「教え」を学んだり、「法」を得ようとしたり、「行」を積めばきっとこの苦しみから解放されて、いつか元通りの楽しい暮らしに戻れるんだと……そう思っていたのです。しかし、苦しみは周囲の人をも巻き込んで増すばかりです。そのうち思いもかけない邪魔モノや、悪いヤツも現われて来ます。

　行きつくところまで行きつけばいつか救われるのだと思って「苦のドン底」をのぞき込みます。それでもそれは果てしなく「底なし」なのでした。

　ところが、人間の苦しみは「底なし」なんだと気づいたら、フワ～ッと浮いて来るではありませんか。こんな話はだれにも通じません。そこで、相手が「底」の話ですから「そこ」はつっつかないで、本来の《極楽ゴッコ》をやっていくのです。そうすると、ソコソコ楽しくやって行けるようになるのです。

　家や自室に「引きこもっている」家族のいるご家庭は、もうそれだけで〈地獄〉になっていきますから、ぼくのように山奥に住んでいるような者にさえ助けを求めてやって来る人が何人もいるのです。

「こうなってしまう原因がわかればそれを修正すればいい」なんてことを最初は思うのです。少し経つと「何かきっと私たちの気づかないうまい手があるにちがいない」と思ってあっち行ったりこっち行ったりします。だから、あんがいと根気がなくて、「うまい手探し」に走り回ってますます苦しくなるのです。

何のことはない、人間の苦は「底なし」だと知って、「別次元で生きよう」と思ってくだされぱいいのです。

極楽ゴッコ

人間の暮らしは結局「ままごと」なのだと父が言っていました。

父は「道徳」音痴で苦しみました。（二十年以上も前に亡くなっていますが）

先日、若い頃に書いた原稿が出て来て、色褪せたその原稿用紙には「性欲」の扱いに苦しんでいたことが詳しく書かれてありました。とても面白かったです。だから父は「べし、べからず」の「道徳」を教育することに強く反発する「宗教教育」を提唱したのです。

ぼくがこの山の中でしている共同生活の極意が、「ままごと」にはじまる《極楽ゴッコ》なのです。実は《極楽ゴッコ》という呼び方は単なる思いつきなのです。

小学校三年生のY子ちゃんは特別にワガママで、自分勝手、近所の子たちからもきらわれちゃうような「ジコチュー」で、お母さんを毎日困らせて振り回していて、学校にも行かなくなっていました。例のごとく「私のどこが悪いのですか?この子のどこを直せばいいのですか」とお母さんがしつこくせまってくるので、「おままごと」の話をしました。

そこでお母さんは次の日に、Y子のお皿に「『おひとつどうぞ』」とおかずを一つのせてあげたら、Y子の方からも『おひとつどうぞ』と私のお皿に乗せてくれて、とても楽しかったです」と言って来たので、思わずぼくは「それは極楽ゴッコだね」と言ったら「そんなあそびがあるんですか」と聞かれたのです。「いや、今思いついた言葉だよ」と言ってみたのですが、実はぼくがこの子たち、この人たちとやっているのは全部《極楽ゴッコ》だと思ったのです。

どうしたら、人によろこんでもらえるか、自分が楽しく過ごせるか、それが《極楽ゴッコ》の秘訣です。

あとがき

月刊『ナーム』誌の中島教之さんは、ちょっとしたことをスーッと上手に文学的表現をなさる人で、ぼくがいただいた連載の表題が「山の音　風の声」でした。なんだかとても嬉しくなって夢中になって書いています。

その中から、今回、一冊にまとめさせていただきました。

ありがとうございます。感謝、感謝です。

感謝ついでに、宗旨や宗派にとらわれず（それを超えて）、生きている人を相手に活動している「南無の会」に、もっともっと、若い人が活動して欲しいと願っています。

ぼくは門外漢ですが、人類が平和に、この地球上に存続していくのには「仏教」

が大切な役割をしていくと思うからです。

中島教之さんはじめ水書坊の皆さんにこころから御礼を申し上げます。

二〇一六年七月二十四日

山の茂吉

（和田重良）

著者略歴

山の茂吉（和田重良）

1948年1月生まれ。
特別非営利活動法人「くだかけ会」代表。
くだかけ会事務所
〒250―0105　南足柄市関本44―1
電話　0465―74―4770

著書
『両手で生きる』『悩める14歳』
『子ども版 人生ネタの本』『いのちの満足』など多数。

こころ時間

二〇一六年九月一日　初版発行

著　者――山の茂吉（和田重良）
発行者――中島教之
発行所――株式会社水書坊
東京都大田区池上一―三一―一
電話　〇三（三七五二）一五七七
造　本――矢野のり子＋島津デザイン事務所
印　刷――株式会社モリモト印刷

ISBN978-4-89645-025-5 C0037